DIE SOKRATES TRILOGIE
THRILLER

MEYER LUTTERLOH

SOKRATES LIEYES

BUCH 1 – BAND 1

1. 1 Überarbeitete Auflage
Copyright © 2013 Matthias Meyer Lutterloh
Copyright © 2013 für die deutschsprachige Ausgabe
Stylegroup Publishing Division
in der Styleinvest LTD, Zypern
Alle Rechte vorbehalten
Umschlaggestaltung: Sophia A. Zhou
www.sophiaazhou.com
Lektorat: Freie Lektoren Obst & Ohlerich, Berlin
http://www.freie-lektoren.de
Korrektorat: die textreinigung, Berlin
http://www.die-textreinigung.de

***

ISBN 978-9963-730-00-1
***

www.the-sokrates-trilogy.com

FÜR NATHANAEL

„ICH HATTE ANGST, DURCH DAS BETRACHTEN VON OBJEKTEN MIT MEINEN AUGEN UND DEN VERSUCH, SIE MIT JEDEM MEINER RESTLICHEN SINNE ZU VERSTEHEN, MEINE SEELE GÄNZLICH ERBLINDEN ZU LASSEN."

SOKRATES
• 469 V. CHR. IN ALOPEKE, ATHEN; † 399 V. CHR

PROLOG

Seit dem traumatischen Erlebnis vor drei Jahren hatte sie sich zwangsläufig oft über den Tod Gedanken gemacht – vor allem über den gewaltsamen Tod, herbeigeführt durch einen Mörder. Ihre Fantasien und Ängste wurden jedoch stets durch den rationalen Gedanken verdrängt, wie klein statistisch gesehen die Chance war, zweimal Opfer eines Gewaltverbrechens zu werden.

Dieses allzu menschliche Gegengewicht zu ihren Ängsten wurde nun mit einem Schlag zerstört. Ihr Konstrukt von Kontrolle und Planung wurde durch die entsetzliche Hilflosigkeit ad absurdum geführt, in der sie sich jetzt befand. Sie wusste nicht mehr, ob es Minuten, Stunden oder Tage waren, die ihr Körper schmerzhaft an den achtzehn Haken hing und mit jeder Bewegung dem Tod näher gerückt wurde.

Sie hatte bereits gelernt, langsam zu atmen, ihren Körper nicht zu bewegen, ja, fast in der Schwerelosigkeit auszubalancieren. Doch jetzt erkannte sie, dass damit nicht nur ihr physischer Schmerz, sondern auch ihr sinnloses Nachdenken über das Warum, ihre Trauer und ihre Angst verlängert wurden. Immer und immer wieder las sie die blutigen Buchstaben auf ihrem Rücken. Ihr wurde klar, dass sie nicht etwa Opfer zweier, sondern ein und desselben Verbrechens geworden war.

Es gab nichts mehr zu tun, nichts mehr zu hinterfragen. Die Angst vor dem Tod war plötzlich verschwunden, allen geliebten Menschen in Gedanken ein letzter, intensiver Wunsch geschickt. Was noch blieb, war die Angst vor dem körperlichen Schmerz, der letzten, tödlichen Bewegung.

Den Tod hatte sie sich anders vorgestellt, selbst in ihren schlimmsten Fantasien. Auf der Innenseite der Cyberbrille, die ihr der Mörder um den Kopf gebunden hatte, konnte sie in kleinen, gestochen scharf projizierten Ausschnitten all das sehen, was die vielen im Raum aufgestellten Kameras aufnahmen: ihren Körper, die Apparatur, in der sie eingespannt war, selbst die Sicht ihres Peinigers, der immer noch geduldig im Raum stand und alles beobachtete. Ihr Entschluss stand fest. Sie blickte auf den Haken, der alles beenden sollte. Letzte Fragen drangen in ihr Bewusstsein.

Wie lange dauert es, bis ich verblute, endlich nichts mehr spüre? Wie elastisch sind die Haut und meine Halsschlagader, bevor sie reißen? Wird eine einzige Bewegung reichen?

Es gab keinen anderen Ausweg, der Tod war die bessere Lösung. Sie nahm all ihre Kraft und ihren Mut zusammen, spannte zittrig die Muskeln an und machte die letzte ruckartige, erlösende Bewegung. Mit einem hörbaren Schnitt wich die entsetzliche Spannung am Hals. Der Haken schlug metallisch gegen den Rahmen und pendelte aus. Sie musste unweigerlich auf die Stelle starren, an der jetzt ihr Blut rhythmisch aus ihrem Körper schoss. Ihr nackter Körper zuckte und bäumte sich in den letzten Reflexen auf. Sie wollte die schmerzenden Augen schließen, doch es gelang nicht. Dann wurde sie müde und ruhig.

Den Tod hatte sie sich anders vorgestellt – wie alles im Leben. Ihr letzter Gedanke galt der Tatsache, dass sich das Leben letztendlich nicht kontrollieren ließ. Sie verstand, dass sie ihr gesamtes Leben in Angst gelebt hatte, nur weil sie es vollständig kontrollieren wollte. In diesem Moment starb sie, erlöst von dieser Angst.

***

Eine vermummte Person nahm ihre Cyberbrille ab und verließ den Raum. Die Kameras stoppten die Aufnahmen und alle Lichtquellen erloschen. Der geschundene Frauenleichnam war jetzt allein und wartete in der Dunkelheit darauf, entdeckt zu werden. Entdeckt von einer ihr bekannten Person.

****

Grafik basiert auf einem Auszug der Webseite
http://www.mapquest.com/maps?city=Washington&state=DC
© 2012 MapQuest - Portions

TAG 1 - DER ÜBERFALL

Washington, D.C.
Montag, 14. April 2014

1. KAPITEL

Eines der vielen Privilegien der Privatbank Genf AG in der
15. Straße Washingtons waren die vier Parkplätze direkt vor
dem Eingang der Filiale, reserviert für Kunden, die nicht den
Wunsch oder das Bedürfnis hatten, die Anonymität der rückwärtigen Zufahrt zu nutzen, um direkt und unerkannt in das
imposante Gebäude zu gelangen.

Troy Turner parkte seinen weißen Porsche Cayenne auf
dem mit einem großen *A* gekennzeichneten Stellplatz und
drehte den Motor ab. Strenggenommen war er nicht vermö-
gend genug, um hier ein Konto mit der Minimaleinlage von
einer Million US-Dollar zu halten. Jedoch hatte Jack Farrow,
sein Chef und der Inhaber des Media Channel 7, der sehr gute
Kontakte zum Direktor der Filiale pflegte, Turner vor knapp
einem Jahr den Zugang zu dem exklusiven Geldhaus verschafft – einerseits als Gefallen und anderseits aus Image-
gründen. Natürlich war keinem der Bankangestellten dieser
Umstand bekannt und er genoss die gleiche elitäre Art der
Behandlung, wie sie Menschen dieser Klasse schnell zur Gewohnheit wurde. Oft dachte er darüber nach, ob die Etikette
es vorgeschrieben hätte, ihn anders zu bedienen, wenn ihm
sein wahrer Wert auf einem Besucherausweis an das Revers
gepinnt wäre. Da dem jedoch nicht so war, umgab ihn bei

jedem der normalerweise circa fünfzehnminütigen Besuche seines Schließfaches dieser imaginäre Millionärsstatus und Turner genoss das Gefühl, zumindest kurzzeitig zu dieser Gesellschaft gerechnet zu werden. Es war sein ausgemachtes Ziel, dieses Privileg bald zum selbst erarbeiteten Dauerzustand zu machen.

Die Dinge liefen für ihn hervorragend. Seine Ehe mit der bezaubernden Helen, die ihm vor fünf Jahren durch die Geburt seiner Tochter wirkliche Liebe beigebracht hatte, war ebenso befriedigend wie sein Job als Journalist. Seine Weekend-Kolumne, die stetig steigende Anzahl von Lesern seines Internet-Blogs und die Leitung eines neuartigen Internet-Media-Formats, das kurz vor der Premiere stand, bescherten ihm neben einem sehr guten Einkommen immer häufiger Einladungen zu Partys und gesellschaftlichen Events, die den ehrgeizigen Journalisten mit jeder Veranstaltung näher an die ersehnte Gesellschaftsschicht brachten. Trotzdem fehlte ihm zum endgültigen Durchbruch die entscheidende Story, die ihn dorthin bringen würde, wo sich sein Ego bereits fühlte.

Für ihn kolorierten deswegen die Besuche in der privilegierten Privatbank kurzzeitig sein Leben in den Farben seiner gefühlten Zukunft, die er sich jedoch sogar noch heller, kräftiger und lebendiger ausmalte als das Farbspektrum, das sein Bewusstsein jetzt reflektierte. Daher störte es ihn nicht im Geringsten, wenn die nicht übermäßig teuren, aber sehr geschmackvollen Schmuckstücke seiner Frau durch die sich häufenden Einladungen immer regelmäßigere Rotationen zwischen dem Schließfach der Bank und Helens schönem Körper verlangten.

Heute Abend war für den ambitionierten Journalisten ein äußerst wichtiger Anlass, und er schickte sich an, diesen vorzubereiten.

2. KAPITEL

Keine 200 Meter von der Privatbank entfernt, nahm einundvierzig Minuten vorher Carlos de Santiago den Telefonhörer in die Hand, drückte die What-ever-when-ever-Taste und unmittelbar darauf sprach ihn eine freundliche Frauenstimme an: „Dr. Arbe, was darf ich für Sie tun?"

„Dr. Ripoll Arbe, bitte!", belehrte er unfreundlich die Hotelangestellte.

Viele Jahre verschiedener Identitäten und zeitweiser akuter Lebensgefahr hatten ihm das zwanghafte Beachten auch kleinster Details anerzogen. Umso überheblicher war die Verwendung des Namens Arbe in seinem Alias, der zum 2007 in Portugal gefassten spanischen Bankräuber Jaime Jiménez „le Solitaire" Arbe gehörte. De Santiago war sich seines Planes so sicher, dass er dem brutalen Vorhaben diese kleine Frechheit gönnte.

„Tragen Sie dem Zimmerservice auf, das Frühstück sofort abzuräumen. Bringen Sie gleichzeitig neuen Kaffee und eine Karaffe Orangensaft, frisch gepresst! Die sollen ohne Anklopfen in meine Suite kommen, denn ich werde mich in der Zwischenzeit im Badezimmer aufhalten. Buchen Sie die Kosten auf meine Suite", befahl er weiter, während er sich zufrieden zurücklehnte. Er genoss die Unterwürfigkeit, die der Frau vertraglich abverlangt wurde. „Und beeilen Sie sich, ich hab noch einen wichtigen Termin!"

**

Als Kind puerto-ricanischer Einwanderer zweiter Generation in den USA geboren, besaß er außer dem Namen de Santiago und den ausgeprägten südländischen Gesichtszügen weder familiäre noch kulturelle Bezüge zu Lateinamerika. Diese beiden Attribute, die dem bereits im Alter von zwei Jahren verwaisten Kind bis zum Jugendlichenalter in vielen Waisenhäusern und Erziehungsanstalten Repressalien, Schläge und Ausgrenzung einbrachten und ihm so bereits frühzeitig den Umgang mit Isolation abverlangten, sollten ihm später den Schlüssel zu zahlreichen Auslandseinsätzen in lateinamerikanischen Krisengebieten liefern.

Die Weichen für sein besseres Leben stellte ein Stipendium aufgrund seines bemerkenswerten sportlichen Talents als Footballspieler. Nach Abschluss der University of Massachusetts wurde de Santiago dann sofort von der CIA angeworben. Eine Wahl, die sich für den Auslandsgeheimdienst mit Sitz in Langley auszahlte, denn er entwickelte seinen Dienstgrad schnell zum Specialized Skills Officer und weiter zum CIA Special Agent. Trotz der Gehaltsklasse 13 empfand er aber seine 86.929 US-Dollar Salär nie als adäquate Honorierung seiner Loyalität und des Einsatzes seines Lebens für die Ideologie der nationalen Sicherheit. Trotzdem war er stark mit seiner Arbeit verbunden, sie gab ihm Sinn, Struktur und ein psychosoziales Umfeld.

**

Anfangs hatte de Santiago die absolute Obrigkeitshörigkeit, die ihm seine Arbeit abverlangte, als Pflicht, Ordnung und Halt, später aber in steigendem Maße als Einschränkung seiner Person empfunden, und so hatte er außerhalb seiner Einsätze dieser anschwellenden Frustration durch abwertende Behandlung von, aus seiner Sicht, mindergestellten Individuen ein Ventil verschafft. Wirkliche Befriedigung erlangte er jedoch nur bei der brutalen Anwendung seiner Befugnisse während verdeckter Ermittlungen und Verhöre im Ausland, die primär zur Gewinnung sensibler Daten durch die Nutzung menschlicher Quellen dienten.

2011 veröffentlichte jedoch die Internetseite www.wikileaks.org klassifizierte Unterlagen mit Einsatzberichten und Bildmaterial mehrerer CIA-Agenten. Die erschreckendsten Bilder zeigten Gefangene vor und nach dem Verhör durch de Santiago; sie konnten von der CIA selbst durch den „Krieg gegen den Terror" nicht mehr gerechtfertigt werden. Die Öffentlichkeit war ohnehin wegen der menschenunwürdigen Vorfälle in Guantanamo, Abu Ghuraib und bekanntgewordener Verhörmethoden wie Waterboarding überaus sensibilisiert gegenüber Verletzungen des Artikels 5 der Menschenrechtserklärung der Vereinten Nationen. Dieses Gesetz besagt: *Niemand darf der Folter oder grausamer, unmenschlicher oder erniedrigender Behandlung oder Strafe unterworfen werden.*

So wurde der damals 46-jährige zu fünf Jahren Haft auf Bewährung verurteilt und vom Dienst ausgeschlossen. Trotz der in Relation zum Delikt lächerlichen Strafe fühlte sich de Santiago verraten, missbraucht und betrogen. Richtig wurde falsch, der Freund zum Feind, der unbekannte Held als Monster gebrandmarkt.

De Santiago wurde zurückgestoßen in die allzu bekannten Gefühlskerker seiner Kindheit. Doch diesmal war es schlimmer, war er doch jetzt eingeschlossen in diese unendliche Leere, wissend um die Existenz einer anderen Dimension. Hatte de Santiago bis zu seinem zwanzigsten Lebensjahr seine Isolation als einzige Realität gekannt und sie somit aus Unwissenheit akzeptiert, so erfuhr er im College und der CIA, was Integration und Anerkennung bedeuten konnten. Und nun blickten ihn diese entflohenen Gefühle wie Fratzen aus der Vergangenheit an und verhöhnten seine missachtete Existenz.

Der sonst so gefühlskalte de Santiago fiel in eine tiefe Depression und zog sich aus der Gesellschaft zurück. Erst der zufällige Kontakt mit einer Ex-Kollegin in Südamerika brachte einen völlig neuen Aspekt in sein Leben: die Liebe.

Damit erlangte sein Dasein einen neuen Sinn, und heute war nach langer Vorbereitung der Tag gekommen, um sein Wissen für sich und seine Liebe zu nutzen und sein Leben neu zu erschaffen.

***

Er drückte die Taste Null für eine Amtsleitung und wählte die auf einer stilvollen Visitenkarte angegebene Nummer.

„Privatbank Genf AG, Filiale Washington. Frau Huang am Apparat. Was darf ich für Sie tun?", empfing ihn eine höfliche Telefonistin.

„Hier spricht Dr. Ripoll Arbe, schönen guten Tag, Frau Huang. Ich habe gestern mit Frau Stein einen Termin für 11:30 Uhr bezüglich einer Kontoeröffnung in Ihrem Hause vereinbart. Dieses Treffen würde ich gerne noch einmal bestätigt wissen, da mich meine Verpflichtungen dazu zwingen, einen sehr präzisen Terminplan einzuhalten. Wären Sie so freundlich und verbinden mich mit Ihrer Kollegin?"

„Selbstverständlich, einen Moment bitte." Die folgenden acht Sekunden ertönte eine klassische Musik im Hintergrund. Unwissend, dass es sich hier um die Schicksalssinfonie handelt, klopfte er mit seinen Fingern den Takt von Beethovens 5. auf die Armlehne.

Die Melodie stoppte und de Santiago beugte sich automatisch etwas nach vorne, wie um damit seinem Gegenüber näherzukommen. Frau Stein war am Apparat.

„Es ist alles für 11:30 Uhr vorbereitet. Ich gehe davon aus, dass Sie die benötigten Dokumente mitbringen werden. Somit sollten wir nicht länger als die angesetzten fünfundvierzig Minuten benötigen." Die leitende Empfangsdame wählte diese höfliche Form, um an die Erfüllung gewisser Vorgaben als notwendige Grundlage für das neue Geschäftsverhältnis zu erinnern. „Leider ist das Prozedere so von der Bankenaufsicht festgelegt. Es sind Unmengen von Unterschriften und das Protokoll eines Anlagegespräches notwendig. Wir haben jedoch bereits alles entsprechend Ihrer gestrigen Angaben für Sie ausgefüllt."

„Vielen Dank, Frau Stein, das wollte ich nur bestätigt wissen. Von meiner Seite ist alles bestens vorbereitet", bestätigte de Santiago im Hinblick auf sein wirkliches Vorhaben überaus ironisch. „Wir sehen uns in fünfzig Minuten."

Der Ex-Agent lehnte sich wieder zufrieden zurück und genoss in seiner geräumigen Suite die letzten friedlichen Momente vor seiner Arbeit.

***

3. KAPITEL

Troy Turner stieg aus dem geräumigen Sportwagen, zog sein dunkelblaues, auf Taille geschnittenes Sakko zurecht und stolzierte auf das Geldhaus zu. Dass ein europäisches Geldhaus im historischen Gebäude der National Metropolitan Bank residierte, gefiel nicht jedem konservativen Washingtoner Bürger. Bei Turner bewirkte dieser Umstand jedoch ein noch tieferes Gefühl der Verbundenheit mit Geldadel und Elite. Für ihn wirkte das 1905 im Stil der Beaux-Arts-Architektur erbaute Gebäude wie ein Zugang zu Werten, die bereits lange vor Gründung der USA geschaffen worden waren und beide Welten wie eine Nabelschnur miteinander vereinten. Die leichte Überdimensionierung in den Proportionen und die erstklassige Ausführung zielten auf das Prestige ab und waren entsprechend wirkmächtig. Der symmetrisch aufgebaute Längsbau hielt in seinem Äußeren an der in Europa vorzufindenden aristokratischen Prachtentfaltung fest, trotzdem beherbergte diese Fassade im Inneren modernste Technik und erfüllte höchste Sicherheitsstandards.[1]

Kurz bevor Turner die massive Glasschiebetüre erreichte, die bereits vom aufmerksamen Pförtner per Knopfdruck geöffnet worden war, trommelte sein iPhone. Sein kurzes Anheben des Zeigefingers gab offensichtlich unmissverständlich zu erkennen, dass er beabsichtigte, das Telefonat auf der Straße zu führen, denn die Türe schloss sich langsam wieder.

**

4. KAPITEL

W Hotel

10:40 Uhr

Es wird Zeit, an die Arbeit zu gehen und die Vergangenheit zu begraben, dachte sich de Santiago.

Selbstgespräche waren nichts Ungewöhnliches für den Special Agent, waren sie ihm doch seit seiner Kindheit geläufig und in vielen Einzeloperationen zum imaginären Freund und Coach geworden.

Er blickte ein letztes Mal konzentriert auf die Kopien der Bau- und Sicherheitspläne, die ihn eine beträchtliche Stange Geld gekostet hatten. Danach erhob er sich von dem Lounge-Sessel aus schwarzem Eichenholz, betrat das luxuriöse Badezimmer und setzte die Wasserfalldusche in Betrieb. De Santiago ließ den Bademantel auf den Boden gleiten und betrachtete ausführlich seinen durchtrainierten Körper, seine kurzrasierten schwarzen Haare, die ebenso dunklen Augen sowie die alten Wunden, die sich über die Jahre wie Tagebucheinträge seiner brutalen Einsätze in seinen Körper eingeschrieben hatten. Sein Blick blieb stolz an dem Tattoo auf der linken Brust hängen: ein Totenkopf und sieben darum herum positionierte, unterschiedlich intensiv gefärbte Sterne. Jeder einzelne davon stand stellvertretend für einen Feind, den er der USA endgültig vom Leib geschafft hatte. Wie ein Elitesoldat bäumte er sich gefährlich vor dem Spiegel auf und salutierte: „Mach es gut, Alter!" Danach verschwand er hinter der mattierten Duschwand.

***

Die zweitausendfünfhundert Greenbacks teure Extreme WOW Suite des W Hotels wäre für ihn eigentlich unbezahlbar gewesen, jedenfalls, wenn er die Absicht gehabt hätte, für seinen Aufenthalt zu bezahlen. Umso mehr genoss er den Vorgeschmack dessen, was ihm in weniger als vierundzwanzig Stunden zur Normalität werden sollte. Ab diesem Zeitpunkt würde er eine neue Identität und unendlich viel Geld besitzen. Vor allen Dingen aber würde er die Frau an seiner Seite haben, die ihm einen neuen Sinn im Leben gegeben hatte. Sein altes Ich, mit allen erlittenen seelischen Schmerzen und Verletzungen, war von dieser neuen Identität bereits zum Tode verurteilt worden. Carlos de Santiago sollte heute sterben und den Platz räumen für eine neue Seele in diesem Körper.

Doch de Santiago wollte nicht nur sein altes Leben, sondern auch die zur Lüge gewordene Ideologie begraben, die ihm dieses Land, vor allem die Institutionen dieser Stadt, eingetrichtert hatten. Tatsächlich hatte er gestern Abend all dem eine würdevolle Henkersmahlzeit spendiert. Roomservice-Bestellungen für 4.387 US-Dollar waren selbst in der Extreme WOW Suite nicht an der Tagesordnung und konnten Aufsehen erregen, aber das war ihm dieses Land schuldig. Es gab wenige so befriedigende Momente in seinem Leben, wie das gestrige Zuprosten mit einem Glas 1.600-Dollar-Champagners zum Washington-Monument, das als Stellvertreter für die Vereinigten Staaten vor dem Fenster seiner Suite Parade stand, um die Abschiedsgrüße stellvertretend für dieses Land und sein altes Leben entgegenzunehmen.

5. KAPITEL

Troy Turner nahm sein Handy ans Ohr, nicht ohne sich vorher kurz über den Anblick des bildhübschen Konterfeis seiner Frau Helen auf dem Telefon zu freuen.

„Schatz?", eröffnete sie in ihrem klangvollen Kontra-Alt den Dialog.

„Nein, Sie kennen mich nicht. Ich hab dieses Telefon gestohlen und antworte nur, weil Ihr hübsches Gesicht beim Klingeln auf dem Display erscheint und ich Sie kennenlernen will", witzelte Turner, wie eigentlich immer, wenn er mit keinem ernsten Thema konfrontiert war.

„Du, nein, *wir* haben ein Problem", erklärte seine Frau.

„Na, was gibt es?" *Probleme* waren erst einmal neutral einzustufen, denn sie konnten vielartiger Natur sein und man konnte nie wissen, ob jemand dem Tode geweiht war oder nur ein Mückenstich die makellose Haut seiner Frau und somit ihr Selbstbild irritierte.

„Bist du schon in der Bank? Wegen heute Abend."

„Ich stehe davor. Was ist mit heute Abend? Du weißt, der Termin ist wichtig."

Heute Abend stand für eine Einladung im eleganten Washingtoner Journalisten-Club. Sein Chef hatte dort ein größeres Treffen organisiert, um letzte Investoren für das geplante revolutionär neue Life-Style-Internetformat zu gewinnen.

„Das ist es ja eben. Ich habe nichts Passendes zum Anziehen."

Fast wie ein Seufzer, folgte eine erschöpfende Pause. „Und keine passenden Schuhe. Da sind bestimmt alle aufgedonnert wie die Queen von England und ich graue Maus werde mit der Garderobenfrau verwechselt und die drücken mir ihre Mäntel in die Hand. Du musst mir helfen!"

Es war Turner immer wieder ein Rätsel, wie sich eine der schönsten Frauen, die er kannte, als graue Maus klassifizieren konnte. Jedes Mal, wenn sie einen Raum betrat, fuhren sich die Männer alibimäßig mit der Hand durch die Haare, um vermeintlich unentdeckt den Kopf in Helens Richtung drehen zu können und ein kleines Stück ihrer Makellosigkeit zu erhaschen. Weibliche Augen hingegen scannten sie geschickt, aber vergeblich, vom blonden Kopf abwärts nach Angriffsflächen in Form von übermäßiger Schminke, Fältchen, Fettpolstern oder billigen Schuhen.

„Du hast also *nix* zum Anziehen und zu diesem *Nix* keine passenden Schuhe. Das ist selbst für mich ein fast unlösbares Problem mit zwei Unbekannten. Außerdem wäre es doch eine Chance, dein *Nix* von Garderobe aufzubessern, wenn dir die Damen ihre sicherlich teure Kleidung in die Hand drücken", kristallisierte der Ehemann den möglichen Vorteil der Situation heraus.

„Du bist blöd, erst zwingst du mich, für deine Karriere toll auszusehen und dann hilfst du mir nicht. Ich weiß nicht, was ich anziehen soll, und deswegen kann ich dir auch nicht sagen, welchen Schmuck du holen sollst. Du würdest dir selbst einen großen Gefallen damit tun, etwas mitzudenken, denn jetzt muss mein kleiner Schmuckkurier so lange vor der Bank ausharren, bis wir wissen, was ich anziehe, um dann das Bling-Bling entsprechend auszuwählen. Rot, blau oder schwarz? Lang, mittel oder sexy?"

Die Tessitura ihrer Stimme umfasste mittlerweile fast zwei Oktaven, die technisch äußerst effektvoll eingesetzt wurden.

Inhaltlich eine Provokation, wäre ihr Tonfall nur nicht so verführerisch, dachte Turner.

„Rot-sexy fällt schon mal aus, da gibt es Männer mit Herzschrittmachern und die werden eventuell bei uns investieren. Die sollten wir nicht eliminieren, bevor sie einen Scheck ausgestellt haben", diktierte ihm sein Geschäftssinn in Erinnerung an Helens letzten Auftritt in einem kurzen Kleid.

„Also blau-lang, richtig? Dazu passt die Brosche meiner Großmutter und –", schoss es auffällig durchdacht durch den Lautsprecher.

„Gerne, aber soweit ich weiß, hast du kein langes blaues Kleid", unterbrach er sie.

„Wie viel liebst du mich?"

„Wäre ‚wie sehr liebst du mich' grammatikalisch nicht die richtigere Fragestellung?", korrigierte er seine Frau in einer gewissen Vorahnung.

„3.050 Dollar? Ist auch ein Schnäppchen." Der Rhythmus ihrer Stimme steigerte sich lebhaft zum Vivacissimo „Azzedine Alaïa. Hab es gerade gefunden. Sieht toll aus und steht mir umwerfend."

„3.050 Dollar für ein Kleid ist ein Schnäppchen?", fragte Turner, um die aufkommende Geschwindigkeit aus dem Gespräch zu nehmen.

„Jaaa." Larghissimo: „Mit den Schuhen." Allegro: „Sehen toll aus, Giuseppe Zanotti. Und …"

,Toll' wandelt sich gerade in ein neues Synonym für ,kostspielig', dachte Turner und unterbrach erneut fragend: „Mit den Schuhen? Süße!"

„Süße mich jetzt nicht! Ich kauf doch sonst nix", trotzte die Kopie einer Kinderstimme.

Helen fragte nicht etwa ernsthaft um Erlaubnis, vielmehr wollte sie Turner an ihren Erlebnissen teilhaben lassen und ihm mitteilen, dass sie sich heute Abend für ihn und seine Sache schön machen würde.

Turner gefiel die Gönnerrolle, die Helen ihm mit diesem Telefonat zukommen ließ, und er nützte die Kulisse der Privatbank, um sich als großzügiger Millionär zu fühlen.

„Okay, okay. Der heutige Abend sollte uns das wert sein. Ich freu mich auf dich und deine zwei neuen Freundinnen, drei, genau genommen. Du kommst doch sicher nicht nur mit einem Schuh? Bei dreitausendfünfzig harten Dollars sind beide Schuhe dabei, oder?"

„Sieht so aus, sonst melde ich mich noch einmal. Danke, mein Schatz. Das Ergebnis siehst du dann um 19:00 Uhr, wenn du mich abholst."

∗∗∗

6. KAPITEL

W Hotel

10:44 Uhr

Unter der Dusche ging de Santiago gedanklich noch einmal wichtige Details des gestrigen Gespräches anlässlich seines Besuches bei der Privatbank Genf durch. In de Santiagos Kopf hallte noch das mustergültige Oxford-Englisch des Bankangestellten nach und machte ihn nachträglich über diese phonetische Klassenunterscheidung des Königreichs wütend.

„Herr Morgenstern, in meiner Heimat haben Privatbanken normalerweise einen zusätzlichen, anonymen Zugang, können Sie dies auch bedienen?"

„Selbstverständlich. Wir kümmern uns fast ausschließlich um Personen, die, sagen wir, buchstäblich unbemerkt ihre Finanzen regeln wollen. Dazu haben wir eine rückwärtige Zufahrt, die zu der durch doppelte, bombensichere Stahltore gesicherten Tiefgarage und von dort über eine Treppe zu den Empfangsräumen führt. Außerdem stehen auf Wunsch ein gepanzerter Mercedes Klasse B7 oder eine Stretchlimousine mit Fahrer zur Verfügung, um Sie ungesehen zu uns oder von uns zu Ihrem nächsten Termin zu geleiten. Die Scheiben sind selbstverständlich abgedunkelt. Ich darf Ihnen das später zeigen."

„Ausgezeichnet, den Mercedes werde ich morgen um Punkt 12:15 Uhr benötigen. Bitte merken Sie das unbedingt vor."

„Sehr gerne, ich halte den Wagen selbstverständlich für Sie bereit."

„Eine technische Frage. Wie hoch sind die Transaktionen, die ich telefonisch anweisen kann?"

„Grundsätzlich benötigen wir für jede Überweisung eine schriftliche Anweisung und eine neunstellige Sicherheits-TAN. Nur die leitenden Direktoren und meine Wenigkeit haben die Befugnis, auf mündliche Anweisung Transaktionen bis zu einer Million Dollar durchzuführen. Und das ist pro Konto auf eine Überweisung in dieser Höhe pro Stunde beschränkt. Die Einzelbefugnis ist eine Ausnahmesituation, weil wir oft mit mobilen Terminals solche Transaktionen außer Haus durchführen müssen. Sie müssten bei Bedarf also bitte direkt mit einer befugten Person Kontakt aufnehmen."

„Diese mobilen Terminals sind mir bekannt. Ich bitte darum, dass Vizedirektor Bluhm morgen ein solches Modul zu unserem Termin mitbringt. Ich beabsichtige, direkt nach Bekanntgabe meiner neuen Kontonummer 40.000.000 Dollar an Ihre Bank zu überweisen und will dann sofort eine gewisse Summe weiterleiten. Die Performance Ihrer mobilen Terminals würde ich hierbei gerne testen, wenn es genehm ist."

„Selbstverständlich. Wir haben oftmals Kunden, die aus Zeitgründen ihre Geschäfte zum Teil in der Lobby erledigen und sich gar nicht erst in die separaten Kundenräume begeben. Wir sind das gewohnt. Sie werden sehr zufrieden sein."

„Geldgeschäfte in der Lobby? Ist das denn sicher? Ich meine, dort ist man doch vor einem Überfall nicht geschützt."

„Seinen Sie unbesorgt. Abgesehen davon, dass es in der 128-jährigen Geschichte unseres Hauses noch nie einen, sagen wir, bedenklichen Vorfall gab, sind wir ja keine normale Bank mit viel Bargeld und uneingeschränktem Kundenverkehr. Außerdem sitzt das FBI keine drei Minuten entfernt von hier. Wir sind also absolut uninteressant für einen Bankräuber, außer, er will hier wieder herausspazieren und den Vorfall direkt anschließend mit dem FBI besprechen." Herr Morgenstern hatte selbstsicher gelacht.

De Santiago verließ die Dusche, trocknete sich ab, zog sich an, platzierte den falschen Bart und die falschen Augenbrauen in seinem Gesicht und gab gut vierundzwanzig Stunden später Herrn Morgenstern die Antwort: „Wenn du dich da mal nicht täuschst, mein Lieber."

***

7. KAPITEL

Privatbank Genf AG
11:17 Uhr

Die Türe der Bank tat sich ein zweites Mal auf. Dieses Mal nahm Troy Turner die Einladung an und trat ein. Ihm war, als ob die Schiebetüre über eine unbarmherzige Schnittkante verfüge, die es ihr ermöglichte, zwei Realitäten gewaltvoll voneinander getrennt zu halten und neugierig eindringende Auswüchse der chaotischen Außenwelt beim Schließen wie mit einem Messer abzutrennen, sodass die Homogenität der inneren Welt nicht verwässert werden konnte. Sofort, nachdem sich die Türe hinter ihm wieder schloss, fühlte er sich wie ein Privilegierter in einer anderen Dimension.

Die Räume dieser Bank bewiesen, dass Architektur, richtig angewandt, eine klare Form von Kommunikation ist, die direkt auf die menschlichen Emotionen einwirkt. Als ob die architektonische Formenlehre über Begrifflichkeiten verfüge, die durch bestimmte Kompositionen ganz bewusst spezifische Empfindungen hervorzurufen in der Lage sind, strahlte sie in diesem Falle vor allem eines aus: Souveränität und Sicherheit.

Obwohl der Aufbau und die gewählten Materialien jeden Besucher unterbewusst eine Festungsanlage assoziieren ließen und gerade dadurch dieses tiefe Sicherheitsgefühl auslösten, war der übergeordnete Eindruck durch die Lichtgestaltung leicht, verspielt und lebendig, ja fast surreal wie in einem Märchen.

Hervorgerufen wurde dieser Eindruck durch entlang der Außenwand eingelegte Glasböden in Verbindung mit ausgefeilter Technik. Dieser nur einen Fuß tiefe Graben war mit Wasser gefüllt, welches durch eine Umwälzpumpe fast unmerklich am Fließen gehalten wurde. Die Flüssigkeit wurde synchron mit der Lobbymusik durch direkt unter den Glasböden angebrachte Membranlautsprecher beschallt. Der visuelle Effekt war unglaublich, denn ein außerdem unter dem Glas angebrachtes Lichtsystem projizierte die von den Schallwellen verursachten, jedoch für das menschliche Auge nicht erkennbaren Oberflächenbewegungen als Lichtreflexionen an die Wände.

Um diesen Effekt auch im Rauminneren erlebbar zu machen, wurde das lebendige, sich fortwährend verändernde Musikgemälde dezent an einer transluzenten Sicherheitsglaswand reflektiert, die ein in ihrem Zentrum befindliches riesiges Quadrat umgab. Die über einen Aufzug und zwei Treppen erreichbare Oberseite dieses Gebildes beherbergte die eigentliche Empfangsplattform. Diese höchste Ebene mit Rezeption, Sitzgruppen und einer Brücke, führte zum rückwärtigen Bereich des Gebäudes, dem eigentlichen Herz der Bank: Dort befanden sich Schließfächer, Tresorraum, Computerzentrum und die Aufzüge zu den Kunden- und Büroräumen. Genau 14,28 Meter über dieser Plattform schwebte eine mit fast unsichtbaren Metallseilen an der Decke befestigte Glasplatte, die den Goldenen Schnitt der Distanz von der Decke zum Fußboden markierte. Diese an den Kanten diffus beleuchtete, amorphe Siliciumdioxidscheibe gab wiederum Halt für eine überdimensionale, wunderschöne blaue Lampe des amerikanischen Künstlers Dale Chihuly.

„Guten Tag, Sie werden bereits erwartet, Herr Turner", begrüßte ihn ein mit grauem Anzug bekleideter Herr um die Fünfzig.

Diese persönliche Begrüßung diente weniger der Sicherheit, als vielmehr der Etikette des elitären Geldhauses. Modernes Private Banking ist digital, umso mehr war die Bank darum bemüht, dieser Abstraktion aus Nullen und Einsen einen realen und persönlichen Anstrich zu geben.

Eskortiert vom Pförtner ging Turner in Richtung der Empfangsebene. Auf halber Höhe traf sich die Treppe auf einer kleinen Plattform mit ihrem Spiegelbild, welches den Besuchern aus Richtung der rückwärtigen Zugänge zum Aufstieg diente. Nach rechts hin vereinten sich die beiden Treppen zu einem Aufgang, den Turner in zwölf letzten Schritten bewältigte. Nun war er im eigentlichen Foyer angekommen.

***

Frau Stein, die das halbe Jahrhundert bereits eine Dekade zuvor vollendet hatte, und ihre halb so alte Assistentin begrüßten Turner.

„Schön, Sie zu sehen, Herr Turner. Herr Morgenstern wird sofort bei Ihnen sein, um Sie zu den Schließfächern zu begleiten. Darf ich Sie bitten, solange Platz zu nehmen? Etwas zu trinken? Tee, Kaffee, Wasser, ein Glas Champagner?"

Turner lachte. Das Offerieren des französischen Luxusgetränks irritierte ihn jedes Mal von neuem. Er vermutete allerdings stark, dass dieses Angebot dem immer größer werdenden osteuropäischen Kundenstamm zu verdanken war und es sich deswegen für ihn nicht ziemte, dergleichen anzunehmen.

„Nein, vielen Dank, Frau … Stein."

Turners gewöhnungsbedürftiger Humor brachte ihn immer wieder auf den zwanghaften Gedanken, Frau Stein mit Frau *Cherub* anzusprechen und dem im Menschenkörper versteckten Engel dadurch sein jahrtausendealtes Geheimnis als Wächter des Paradieses zu entlocken. Das zur Unterdrückung dieses Reizes nötige Lächeln wurde von dem Fabelwesen stets freundlich erwidert.

„Wie Sie wünschen!"

Turner nahm Platz und öffnete die neueste Ausgabe des Robb Reports – einem der Hochglanzmagazine, die neben der Financial Times, der Handelszeitung Zürich und einigen weiteren Finanzblättern dem Warten etwas Luxuriöses einhauchen sollten.

Obwohl er bereits viele Male in dieser Bank gewesen war und den Aufenthalt dort immer sehr genoss, war ihm das Warten im Foyer stets unangenehm, als ob er hier dem Risiko ausgeliefert sei, doch noch einen Besucherausweis mit Kontostand zu erhalten und als Hochstapler entlarvt zu werden. Allein durch das Umblättern der Hochglanzseiten empfand er sich selbst als Störung in dieser perfekten Welt und der Cherub blickte bei scheinbar jeder Seite lächelnd auf, um ihm auf charmante Weise das Gefühl seines Deplatziert-Seins zu bestätigen.

Umso dankbarer war er, als plötzlich Schritte die Ankunft eines weiteren irdischen Lebewesens ankündigten. Überraschenderweise war es eine Kinderstimme, die von der Treppe her in den Raum schallte.

„Daddy, wieso sind wir von hinten reingekommen? Müssen wir uns hier reinschleichen?"

„Nein, Kleines, dieser Eingang ist nur einfacher, um das Auto zu parken."

Die Stimme klang nach einem Mann etwa in Turners Alter.

Lügner. Du bist nur eine der Personen, die hier unerkannt bleiben wollen. Turners Blick sprang von der auf Seite 5 präsentierten Fünfundzwanzig-Millionen-Dollar-Azimut-Jacht zur Treppe und blieb dort gespannt haften.

***

8. KAPITEL

W Hotel

11:17 Uhr

Währenddessen öffnete Carlos de Santiago, alias Dr. Ripoll Arbe, im Schlafzimmer der Hotelsuite einen mit Schaumstoff ausgelegten schwarzen Polycarbonatkoffer und überprüfte kurz die stummen Assistenten seines Vorhabens, bevor er sie in wohlüberlegter Reihenfolge dem Stauraum einer mit PVC-Reißverschlüssen umgearbeiteten Louis-Vuitton-Reisetasche übereignete. Dabei sah er kurz auf seine Armbanduhr.

11:17 Uhr! Sehr gut im Zeitplan, noch acht Minuten bis zum Start.

Zügig ging er ins Wohnzimmer, goss sich einen Kaffee und ein Glas frisch gepressten Orangensaft ein, nahm eines von zwei Prepaid-Handys aus der Tasche und ließ die Tasten genau achtundneunzig Mal klicken:

ALLES PERFEKT. WIR SEHEN UNS IN WENIGER ALS 20 STUNDEN UND STOSSEN AUF DIE ZUKUNFT AN. IN LIEBE. C

Nach dem Absenden öffnete er das Gerät, entnahm die SIM-Karte, zerbrach den elektronischen Fingerabdruck und warf die beiden Teile aus dem Fenster.

Kurze Zeit später zeigte seine Uhr den Startschuss für den präzise geplanten Ablauf an. Er versteckte sein Gesicht hinter einer riesigen Hornsonnenbrille, die wie ein Relikt aus den

Siebzigerjahren wirkte, jedoch eine sehr wichtige Funktion hatte, nahm die L-V-Tasche, verließ die Suite, die er nie wieder betreten sollte, ging zum Lift und fuhr in die Lobby. Dort entsorgte er das Prepaid-Handy in einen Papierkorb und schritt zügig auf die Straße, ohne seinem Umfeld und dem Beinahezusammenstoß mit einem sehr gut gekleideten Herrn Aufmerksamkeit zu schenken.

**

9. KAPITEL

Privatbank Genf AG
11:20 Uhr

„Hier entlang, Michael, ich werde den Empfang informieren, dass wir hier sind."

Ein in Nadelstreifen gekleideter Herr betrat als Erster das Foyer. Der Herr kam Turner bekannt vor, er konnte ihn aber nicht einordnen. Die aristokratische Erscheinung, das gebräunte, von grau meliertem und streng zurückgekämmtem Haar umsäumte Gesicht, das farblich auf die rote Hornbrille abgestimmte Einstecktuch und der Krokodillederkoffer machten den Ankömmling für Turner zum Musterbanker oder einem erfolgreichen Börsenspekulanten.

Kurz nach ihm erschien Michael von Karlsberg auf der Bühne. Der sehr gut aussehende Enddreißiger passte auf den ersten Blick gar nicht zu Turners Vorstellung eines Millionärs, doch strahlte er genau die Souveränität aus, die Männer zu begleiten schien, deren Existenz keine Frage des Geldes mehr war. Der durchtrainierte Mann trug ausgewaschene Jeans, ein schwarzes Poloshirt und Turnschuhe von einer der Marken, die nur dem modisch Versierten ihre Identität preisgaben. Obwohl Turner somit das Preisniveau dieser Bekleidung nicht wirklich bekannt war, fühlte sich sein eigener Anzug plötzlich nur mehr wie Mittelklasse an.

Bevor sich der Neuankömmling wieder zum Treppenabsatz wandte, wo sich aller Wahrscheinlichkeit nach das zu der Kinderstimme gehörende Wesen befand, blickte er kurz zu

Turner, lächelte und nickte ihm einen Gruß zu. Diese Aner-kennung freute Turner und machte ihm Michael überaus sympathisch.

„Hey, ihr zwei Hübschen. Trödelt nicht so herum, wir wol-len doch Direktor Berger nicht warten lassen." Seine Stimme klang weich und fürsorglich.

Direktor Berger! Er wird also vom Chef persönlich erwartet, dachte Turner eifersüchtig.

Frau Stein sprang noch schneller auf, als Turner es von ihr gewohnt war, eilte dem Kunden sogar entgegen und lächelte die Treppen herunter.

„Wir haben Sie schon erwartet, Herr von Karlsberg. Ich fürchte, Direktor Berger verspätet sich um eine Minute. Lassen Sie sich also ruhig Zeit. Er hat mich gerade angerufen, um Ihnen mitteilen zu lassen, dass er untröstlich ist, nicht pünkt-lich wie ein Schweizer Uhrwerk zu sein. Frau von Karlsberg, wie schön, Sie wiederzusehen. Und die kleine Lisa, mein Gott, bist du groß geworden!"

Endlich erschienen die Träger all dieser Namen in persona vor dem neugierigen Journalisten. Das folgende „Ganz mei-nerseits" kam über die perfekt geformten Lippen der überir-dischsten Frauengestalt, die Turner je gesehen hatte. Die groß gewachsene Erscheinung mit blauschwarz glänzendem Haar, wie es nur in Italien in dieser Kombination von Stil und Na-türlichkeit vorkam, entsprach vollkommen seiner Vorstellung einer Millionärsgattin. Alles an ihr war außergewöhnlich: Sie war auffallend schön, sehr edel und modisch gekleidet und wirkte über alle Maßen gepflegt. Damit besaß sie schlichtweg alle Attribute, die einer Frau zugesprochen wurden, die sich in den Augen anderer um nichts weiter als um ihre Grazie kümmern musste. Perfektioniert wurde das Ganze durch das bildschöne, circa sechs Jahre alte Mädchen mit strahlendblau-en Augen an ihrer Seite.

Frau Stein wandte sich jetzt dem Herrn in Nadelstreifen zu.

„Herr Sosto, wir freuen uns, dass Sie bei uns nach dem Rechten sehen."

„Und dazu gibt es allen Anlass: Ich werde unserem Herrn Berger bei der nächsten Vorstandssitzung wohl etwas die Uhr stellen müssen, oder?" Bei dieser Aussage lachte er jedoch.

Im Gegensatz zu Herrn Morgensterns Oxford-Englisch hatte Herr Sosto eine Aussprache, die die *Rs* und *CHs* stark betonte und das *S* zum *SCH* streckte.

„Machen Sie sich keine Sorgen, wir warten gerne und nutzen die Zeit, um etwas zur Ruhe zu kommen. Über dem Atlantik gab es Turbulenzen und unser Learjet simulierte zeitweise eine Achterbahn", versicherte Frau von Karlsberg.

„Etwas zu trinken? Tee, Kaffee, Wasser, ein Glas Champagner?"

„Champagner für die Kleine, und wir nehmen gerne etwas Wasser und Ihren berühmten Cappuccino", äußerte die Traumfrau ihre Wünsche.

„Mom, ich bin doch zu jung für Champagner, ich glaube, den willst du haben."

Das blonde Mädchen baute sich vor der Mutter auf, stemmte den linken Arm in die Hüfte und verwarnte die sechzig Zentimeter größere Erwachsene mit erhobenem Zeigefinger.

„Psst. Nicht verraten, mein Hase."

Bevor sich die Bilderbuchgruppe setzte, blickten alle zu Turner hinüber, und wie zuvor schon Herr von Karlsberg nickten nun auch sie ihm einen Gruß zu. Das kleine Mädchen lächelte dazu stärker als die Erwachsenen, sagte schlicht „Hallo" und starrte den Unbekannten mit ihren durchdringenden Augen anhaltend an.

„Hallo", erwiderte Turner ebenso überrascht wie einfallslos.

Frau von Karlsberg, die ihre dunkle, überdimensionierte Brille inzwischen abgenommen hatte, folgte instinktiv den Blicken ihrer Tochter und musterte das anvisierte Objekt genauer.

Troy Turner erwiderte ihren Blick. Das unglaubliche Strahlen ihrer Augen, ebenbürtig den leuchtend blauen Augen ihrer Tochter, empfand er als rein und unbefleckt.

Die dunkle Brille ist wohl eher zum Schutz der Mitmenschen da, als zu ihrem eigenen, dachte Turner spontan und fühlte sich sofort durchschaut und wehrlos.

Frau von Karlsberg lächelte freundlich. „Bitte entschuldigen Sie, Lisa findet Sie anscheinend interessant. Jetzt müssen Sie meine Tochter entweder ignorieren oder Sie laufen Gefahr, in ein sehr komplexes Gespräch verwickelt zu werden, welches leicht auch etwas länger dauern kann. Ich weiß nicht, ob Ihr Terminplan das zulässt."

Vermutlich spiegelte sein, wie er hoffte, nicht allzu dümmlicher Gesichtsausdruck nun die Frage wider, ob dies eine höfliche Aufforderung bedeutete, den Kontakt zu dem erlauchten Kreis abzubrechen, oder im Gegenteil eine Einladung zu mehr war.

Herr von Karlsberg brach das Eis.

„Na Lisa, dann sei auch höflich und stell dich dem Herrn vor", ermahnte er, stand auf, trat in Turners Richtung und reichte diesem seine Hand zum Gruß.

„Gestatten, von Karlsberg, meine Frau, unser Freund Herr Sosto und unsere PR-Agentin", damit wanderte sein Blick zu Lisa.

Turner stand ebenfalls auf und schüttelte die dargebotene Hand.

„Freut mich sehr, Sie kennenzulernen. Insbesondere Ihre PR-Dame."

„Ich bin keine PR-Dame, ich bin Lisa", verteidigte das Mädchen ihre Identität.

„Hab ich mir fast gedacht, Lisa. Sehr schön, dich kennenzulernen."

Eine neue, helle G-Dur-Stimme erklang im Raum und beendete die Situation, noch bevor sie richtig angefangen hatte.

„Herr Turner, ich hoffe, Sie haben nicht zu lange warten müssen. Oh, Herr von Karlsberg, Anis, Lisa, Herr Sosto."

Morgenstern, in eine sehr viel engere Version des Nadelstreifens als Herr Sosto gehüllt, zupfte an seinem rosa Seidenhalstuch und betrat perfekt inszeniert die Szene. Danach begrüßte er die Gruppe ihrer hierarchischen Reihenfolge entsprechend: Anis mit zwei schmatzenden Wangenküssen, danach per Händedruck erst Herrn von Karlsberg, dann Herrn Sosto und Lisa.

Schließlich wandte er sich an Turner: „Ich sehe, Sie kennen bereits Familie von Karlsberg und unseren CEO, Herrn Sosto. Bitte folgen Sie mir jetzt. Ich bringe Sie in den Tresorraum."

„Herr von Karlsberg, ich habe die Ehre, später bei der Besprechung dabei zu sein. Direktor Berger wird jeden Moment hier eintreffen. Ich komme sofort zu Ihnen, nachdem ich Herrn Turner weggeschlossen habe", sprach er zu den anderen Herrschaften und lachte kurz auf.

In Gedanken noch bei der Begegnung wurde der Journalist von seinem Begleiter über die hinter der Rezeption gelegene Brücke zum Hauptgebäude geleitet, als Turners Telefon ihn plötzlich zurück in die Realität rief.

***

10. KAPITEL

Jack Farrow hatte Probleme mit beiden Armen, rechts vom Golfspielen, links vom permanenten Halten seines Mobiltelefons. Als könne er den Kontakt mit der Außenwelt nur über eine 1.900-MHz-Frequenz halten, war Farrow eigentlich ständig dabei, seine Telefonrechnung zu strapazieren. So war es keine Ausnahme für den Medienmogul, als er bei der verfrühten Ankunft am W Hotel seinen Mitarbeiter anrief.

„Troy, ich bin jetzt schon im W angekommen, also sei bitte pünktlich. Ich werde bis 12:00 Uhr in der Lobby etwas arbeiten, der Tisch ist reserviert."

Das Öffnen der schweren Türe des Bentley Mulsanne wurde standesgemäß nicht vom Portier, sondern von seinem dunkel gekleideten Chauffeur vorgenommen und Farrow hievte sich, zwangsläufig ohne wesentliche Unterstützung durch seinen linken Arm, aus der silbermetallicfarbenen Luxuslimousine. „Ich werde auch nicht gerade jünger." Obwohl man dem immer braun gebrannten Unternehmer sein Alter nicht ansah und ihn obendrein jeder als sportlich einschätzte, stöhnte der Achtundfünfzigjährige unter dieser Anstrengung.

Wie immer war Farrow perfekt und, seinem Vermögen entsprechend, maßgeschneidert gekleidet. Er kombinierte vor 17:00 Uhr gerne helle Farben, und so harmonierte der superfeine, hellgraue Einreiher mit pastellgelbem Hemd und sündhaft teuren, handgefertigten, tabakfarbigen Oxfords.

„Na ja, bis jetzt haben Sie sich recht gut gehalten. Vielleicht gibt es ja auch bald so etwas wie Viagra für die Muskeln", versuchte Turner seinen Boss aufzubauen.

Im gleichen Moment hörte Turner ein dumpfes Aufschlagen und kurz darauf Farrows zornige Stimme.

„Zum Henker! Was für ungehobelte Leute! Troy, mich hat beinahe eine lateinamerikanische Rambokarikatur umgerannt und mir dabei mein Handy aus der Hand gestoßen. Der Testosteronbeutel stolziert gerade in deine Richtung. Also pass auf, wenn dir ein Latino mit Luis-Vuitton-Tasche entgegenkommt. Der ist nicht nur blind, sondern auch gefährlich."

„Keine Angst, ich glaube nicht, dass ich den hier treffen werde, ich gehe gerade zum Schließfach. Natürlich komme ich so schnell wie möglich zu Ihnen. Bis gleich."

Wie sehr dies ein Trugschluss war, sollte Turner kurze Zeit später auf dramatische Weise erfahren. Vor ihm lag ein schicksalhaftes Zusammentreffen, das sein Leben für immer verändern sollte.

***

11. KAPITEL

Privatbank Genf AG
11:27 Uhr

Troy Turner positionierte einen Zeigefinger auf dem Bio-metrik-Scanner, gab danach das Geburtsdatum seiner Frau in den dazugehörigen Touchscreen ein und sein Begleiter wie-derholte den gleichen Vorgang mit seinem Passwort an einem zweiten, circa fünf Schritte entfernten Terminal.

„Scheint ein netter Gesprächspartner zu sein", lächelte ihn Morgenstern von der Seite an. „Melden Sie sich, wenn Sie etwas brauchen. Oder kann ich Ihnen sonst noch irgendwie behilflich sein?"

„Vielen Dank, ich werde wohl etwas länger brauchen, da ich noch einige Unterlagen detailliert durchgehen muss."

***

Wieso werden hier Superlativen nur so durchschnittliche Be-zeichnungen gegeben? Raum I, überlegte Turner, während er die dunkelbraunen Steinstufen zu seinem Ziel hinunterschritt. Es handelte sich um eines von drei Zimmern, die den Kunden für Besuche ihrer Schließfächer zur Verfügung standen und die im Komfort einer Hotel-Suite in nichts nachstanden. Nach erfolgreichem Einloggen an den Terminals öffnete sich auto-matisch die entsprechende Türe zu einer dieser Suiten, die sich in Design und Ausstattung nicht hinter der Empfangslob-by zu verstecken brauchten. Neben einem Besprechungstisch für acht Personen, einer reichhaltig ausgestatteten Bar und einem separaten, sehr modernen Waschraum, der sogar eine Dusche offerierte, stand dem Besucher vielfältige State-of-the-Art-Technik zur Verfügung: Touchscreencomputer, All-in-One-WI-FI Printer, Scanner und Fax, Telefone, Videokonferenzanlage und sogar ein iPod-Anschluss, um die dezent im Raum ertönende Hintergrundmusik zu ändern.

Das beeindruckendste Detail war für Turner jedoch der Umstand, dass sein Schließfach zu ihm kam und nicht umgekehrt. Die mobilen Safes waren in einem mehrfach gesicherten, feuerfesten und klimatisierten Raum im dritten Untergeschoss gelagert. Sobald ein Besucher durch sein Passwort legitimiert war, beförderte ein Roboter das dem Kunden zugeordnete Schließfach zu einem kleinen Lastenaufzug, und kurze Zeit später war der gewünschte Inhalt dem Besucher zugänglich.

***

12. KAPITEL

Auf den letzten Metern vor der Bank fühlte de Santiago sich wie ein Showmaster auf dem Weg zur Bühne. Mit jedem Schritt verließ ihn das Lampenfieber mehr. Beim Öffnen der Türe war dann alles perfekt. *Die Show kann beginnen.*

„Guten Tag, Dr. Ripoll Arbe. Vizedirektor Bluhm erwartet Sie bereits, ich darf Sie nach oben begleiten."

Wie immer lächelte der Pförtner höflich bei der Begrüßung. Obwohl das nicht üblich war, trat dieser Kunde sehr nahe an den Angestellten heran und gab ihm die Hand. Der äußerst starke Händedruck, kombiniert mit dem Umstand, dass die Hand des Besuchers in einen weichen Lederhandschuh gehüllt war und sich dadurch unwirklich anfühlte, nötigte dem Sicherheitsmann schon bei diesem ersten Körperkontakt einen gewissen mysteriösen Respekt ab.

„Vielen Dank, ich würde gerne kurz die Waschräume benutzen. Bitte warten Sie so lange auf mich."

Die Stimme des Besuchers war streng, fordernd und respekteinflößend, genau wie die kräftige Statur, die unter der neuen, offensichtlich teuren Kleidung zu erahnen war.

De Santiago, alias Dr. Ripoll Arbe, ging, wie auch wenige Minuten zuvor Troy Turner, in Richtung Foyer. Wie angekündigt, drehte er jedoch nicht nach links zur Treppe, sondern zu den im rechten Bereich gelegenen Waschräumen hin ab. Dort angekommen stellte er sicher, dass sich keine anderen

Personen in den Räumen befanden, öffnete dann seine Tasche und montierte mit geübten Griffen den für Metalldetektoren nicht erkennbaren Karbonfaserschaft und den High-Tech-Fieberglasbogen seiner selbstspannenden Pistolenarmbrust zusammen. Diesen Ablauf hatte er hundertmal einstudiert, sodass er nun blind den Zug spannen und mit einem Klick den ferngesteuerten Auslöser montieren konnte. Danach aktivierte er die Fernbedienung und vernetzte diese über Funk mit der Armbrust sowie mit zwei Halskrausen, die mit tödlicher Plastiksprengstoffmasse gefüllt waren. Vier grün aufleuchtende LED-Punkte bestätigten die Bereitschaft seiner technischen Helfer, ab nun über Funk Befehle zu empfangen. Zuletzt legte er einen Blackfield Tactical Pen III als Pfeilgeschoss in die schwarze Armbrust. Der aus modernem Flugzeugaluminium und gummiertem Griff gefertigte Kugelschreiber war dem Ex-CIA-Agenten schon oft als Überraschungswaffe behilflich gewesen und wiederholt in Handgemengen eingesetzt worden.

Als letzten Komplizen aktivierte de Santiago den in seiner rechten Jackentasche befindlichen 1.600-Volt-Elektroschocker. Dann verließ er die Waschräume. Der für Extremsituationen ausgebildete Mann war völlig cool, atmete gleichmäßig und empfand keinerlei Stress kurz vor seinem brutalen Vorhaben, das die allermeisten Menschen bereits beim bloßen Gedanken daran ins Schwitzen gebracht hätte.

* * *

13. KAPITEL

Siebzehn Minuten nach seiner Ankunft in der Filiale betrat Turner den stilvollen Schließfachraum und fühlte sich sofort wie ein Special Agent in einem geheimen Safe-House. Unterbewusst realisierte er die Harmonie von Temperatur, Licht und dezenter, perfekt lautstärkegeregelter Musik, öffnete sodann entspannt die gläserne Aufzugtüre, nahm andächtig den Schmuckkasten und einen Vertragsordner heraus und legte beides auf den Tisch. Danach entnahm er den Schmuck, den er als passend zu dem noch unbekannten blauen Kleid seiner Frau vermutete, welches ihn heute um 3.050 US-Dollar erleichtert hatte, und deponierte den Schmuckkasten sofort wieder in dem Aufzug.

Der Journalist blickte zur Bar. Etwas fehlte noch zur Perfektion dieses Augenblicks. Eine dieser stylischen Kaffeemaschinen lachte ihn an und bat ihn dringend darum, auf ihren Cappuccino-Knopf zu drücken. Turner fühlte sich kurz wie ein Italiener, entnahm den Kaffee mit Milchmütze und setzte sich an seine Arbeit.

Die bevorstehenden Vertragsverhandlungen mit Jack Farrow forderten von ihm die lückenlose Kenntnis vorangegangener Abmachungen. Farrow war ein eiskalter Verhandlungsgegner. Deswegen musste Turner diverse Passagen seiner Vertragsakten nachlesen. Es ging für ihn um sehr viel. Der Erfolg des neuen Internetformats sollte ausschlaggebend für das Weiterkommen in seiner Karriere sein. Sein Ziel war es, Partner in diesem Projekt zu werden, und gestern Nacht, als ihm das Ausmalen seiner Zukunft den Schlaf raubte, waren ihm noch viele Fragen dazu eingefallen.

***

14. KAPITEL

Privatbank Genf AG
11:31 Uhr

„So, es kann losgehen. Bitte, nach Ihnen", forderte der Neukunde seinen Begleiter auf.

De Santiagos Konzentrationslevel korrelierte mit den Stufen der Treppe und erhöhte sich mit jedem seiner Schritte. *Alles ist im Plan!* Trotzdem irritierte ihn etwas. Die Umgebung erschien anders als -zigmal mit seiner präzisen Vorstellungskraft dargestellt. Schnell wurde ihm klar, was seine Aufmerksamkeit störte. Es waren Stimmen, viel mehr Stimmen als angenommen, darunter sogar ein Kind. Das war neu, ungeplant. Es gab mehr Statisten, als er kalkuliert hatte.

Ich muss jetzt doppelt vorsichtig sein, vielleicht sind Sicherheitsmänner oder Bodyguards von Kunden dabei, schoss es ihm durch den Kopf.

Wie ein Regisseur, der während der Aufnahmen im vermeintlich perfekten Drehbuch plötzlich Schwächen sieht, warnte ihn seine innere Stimme, äußerst auf der Hut zu sein.

Als der Blick auf die Lobby freilag, verlangsamte er wie ein Raubtier bei der Pirsch seine Schritte. Das war nötig, um seinen Körper noch im Schutz der Seitenwände zu halten, während er blitzschnell den Raum scannte und eine geistige Checkliste generierte:

- *10 Personen, 6 davon nicht eingeplant. – Neu!*
- *Der Portier planmäßig vor mir. √*

- *Zwei Frauen planmäßig am Empfang.* √
- *Vizedirektor Bluhm planmäßig am Empfang.* √
- *Herr Morgenstern, drei weitere Männer, eine Frau und ein Kind – Neu!*
- *Keine direkt erkennbaren Wächter oder Sicherheitspersonal.* √

De Santiagos Gehirn erteilte vorerst Entwarnung. So gab er seine Deckung auf und trat den ahnungslosen Gegnern gegenüber.

„Dr. Ripoll Arbe, pünktlich wie ein Uhrwerk. Darf ich Ihnen unseren Vizedirektor Herrn Bluhm vorstellen? Er wird sich um Ihre Angelegenheiten kümmern." Höflich wie immer leitete Frau Stein die Begrüßung ein. „Wie Sie sehen, haben wir heute ein volles Haus, unser CEO und unser Direktor sind zufälligerweise anwesend. Ich würde Sie gerne vorstellen, wenn es Ihnen genehm ist."

Sofort erkannte de Santiago aufgrund seiner einschlägigen Erfahrungen mit Planabweichungen die Herausforderung, aber auch die Möglichkeiten der neuen Umstände. Er musste schneller handeln als geplant, mehr Menschen in derselben Zeit in seine Gewalt bringen. Dazu mussten sich die Zielpersonen so weit wie irgend möglich in seinem Zugriffsbereich befinden. Er positionierte sich zwischen der Rezeption und den neuen Angriffszielen.

„Sehr gerne."

Jetzt taxierte er die Runde und nickte seiner vermeintlich ersten Leidtragenden zu. Frau Stein erhob sich und trat lächelnd hinter der Rezeption hervor. Sie ahnte nicht, dass der Jäger nur darauf wartete, seine Beute in Reichweite zu bekommen.

In diesem Moment war de Santiago wie ein schwarzes Loch, das alle anderen Objekte durch seine Gravitation in sein Zentrum zog, um sie nie wieder ans Licht zu entlassen. Nur eine Person schickte sich an, dieser Szene zu entkommen. Der Portier war gerade dabei, sich aus der Gefahrenzone zu begeben und zwang de Santiago damit zum sofortigen Handeln.

„Bitte entschuldigen Sie, ich bräuchte Sie noch für einen Moment, kommen Sie doch kurz noch einmal zu mir", rief er ihm hinterher.

***

15. KAPITEL

Den Monat April mit seinen milden Temperaturen empfand Thiago delle Torre immer als den angenehmsten Herbstmonat in der argentinischen Hauptstadt, und so ließ er üblicherweise die Fenster seines repräsentativen Büros offen stehen.

Wenn er nicht gerade Kunden empfing, hatte der Dreiundfünfzigjährige die Angewohnheit, seinen Bürotisch zu verlassen und an den Fenstern stehend den Ausblick auf die Plaza Francia zu genießen, während er stilvoll einen *Cortado*, einen Kaffee mit einem Schuss Milch, zu sich nahm.

Wenige Minuten zuvor hatte seine Chefsekretärin zwei Tässchen dieses anregenden Getränks auf den Direktorentisch platziert, dazu jeweils ein Glas Wasser und ein paar Kekse.

„Vitoria, Sie können jetzt in die Pause gehen, wir benötigen Sie in den nächsten zwei Stunden nicht mehr. Das Meeting wird etwas länger dauern. Und ich will nicht gestört werden."

Dann wandte er sich wieder seiner Besucherin zu.

„Señora Ripoll Arbe. Noch einmal mein Beileid."

Die dezent und vollkommen in Schwarz gekleidete Frau antwortete nicht und blickte ungeduldig durch die dunkle Brille, die einen Großteil ihres Gesichts verdeckte.

Witwen und schwangere Frauen wurden in dem südamerikanischen Land besonders behutsam behandelt. Wohl deswegen hatte keiner der Bankangestellten es als unangebracht empfunden, dass die trauernde Dame niemals ihre Brille abnahm.

Trotz der angenehmen dreiundzwanzig Grad schloss Director delle Torre die Fenster. Er wollte unbedingt vermeiden, dass etwas von den bevorstehenden Ereignissen nach außen dringen konnte, denn was er nun vorhatte, sollte für immer zwischen den beiden Menschen in diesem Raum bleiben.

**

16. KAPITEL

Den Pförtner beschlich sofort ein ungutes Gefühl.

Dieser Moment beinhaltete kurzzeitig vermehrt Details, die nicht in die Gesamtsituation passten. Solche Momente sind meist warnende Vorboten schlimmer Ereignisse, die unmittelbar bevorstehen. Und sie geben dem gesunden Menschenverstand nur Bruchteile von Sekunden Zeit zu entscheiden, die Warnung anzunehmen oder sie zu ignorieren.

Es war jedoch gleichgültig, ob die Hand in der rechten Jackentasche, die geöffnete Reisetasche, die biometrische Anomalität der allzu asymmetrischen Gesichtsbehaarung oder das ungewöhnliche Zurückrufen des Pförtners in seine Nähe bei dem Bankangestellten solch eine Warnung ausgelöst hatte. Denn das verinnerlichte Pflichtgefühl, die Abhängigkeit von der Gehaltszahlung und die strengen Bankgepflogenheiten besaßen die Kraft, seine instinktiven Empfindungen zu überschreiben und ihm einen neuen Auftrag zu erteilen:

Gehorche dem Kunden!

Zwei Schritte später sollte seine Vorahnung recht behalten, jedoch verschmäht gegen die Konditionierung verlieren.

***

De Santiago stieß blitzschnell die Elektroimpulswaffe gegen den Hals seines hilflosen Opfers, und neunzehn Mal pro

Sekunde wurden 1.600 Volt durch dessen Körper geschossen. Die akute Muskel- und Nervenlähmung ließ den Mann wehrlos zu Boden gleiten und dort zuckend in zusammengekrümmter Haltung verharren. Die nächsten Sekunden liefen für de Santiago wie in Trance ab. Menschen handlungsunfähig zu machen, war ihm in Fleisch und Blut übergegangen.

Bevor eines seiner nächsten Opfer reagieren konnte, sprang er einen Schritt nach vorne, griff Frau Stein brutal in die Haare und schleuderte sie mit aller Wucht vor der Rezeption auf den Boden. Sofort übergab seine Hand dem linken Fuß die Verantwortung für diesen Fang, der sie gewaltsam am Hals gegen die steinernen Bodenplatten arretierte und der perplexen Frau schonungslos die Luft abschnitt.

Im Bruchteil einer Sekunde zog nun die freie Hand eine Armbrust aus der Reisetasche, stoppte diese nur wenige Zentimeter vor dem rechten Auge von Frau Huang und löste dadurch einen markerschütternden Schrei aus, der allen Anwesenden einen kalten Schauer über den Rücken laufen ließ.

„Halts Maul! Sofort die Hände hoch! Keinen Alarm auslösen, sonst bist du tot!"

Frau Huang blickte von Todesangst gezeichnet zum Vizedirektor.

Ohne die Armbrust oder seine Augen von seinem Ziel zu lassen, gab de Santiago weitere Order:

„Gib ihr besser die Anweisung, meine Befehle durchzuführen. Und keiner hier sollte versuchen, den Helden zu spielen, wenn er lebend aus dieser Bank herauskommen will. Das gilt für alle, verstanden?"

Er drehte den Kopf kurz zu der Sechsergruppe, die damit unmittelbar in die bedrohliche Szene einbezogen wurde. Michael von Karlsberg hatte sich selbstlos vor seine Frau und Lisa gestellt, und dem Irrglauben unterliegend, seine bloßen Hände könnten Schutz vor dem Kriminellen bieten, hielt er seinen rechten Arm vor die Familie und streckte die linke Hand aufgestellt, wie ein Schild, nach vorne.

Bevor von Karlsberg irgendetwas sagen konnte, traf de Santiago die schmerzlichste Stelle.

„Du willst die Kleine doch noch einschulen, oder?"

„Ich bitte Sie ...", versuchte der Familienvater die Situation zu entschärfen.

„Sei still!" Der kalte, gefühllose Ton verfehlte seine Wirkung nicht und von Karlsberg verstummte vorerst und versuchte, seine mittlerweile vor Angst heulende Frau und das geschockte Kind zu beruhigen.

„Die Tippse jetzt hierher, sofort!"

Vizedirektor Bluhm nickte seiner jungen Angestellten zu.

„Frau Huang, bitte tun Sie, was er sagt."

De Santiago wurde nervös, das dauerte alles zu lange. Der Elektroschock würde den überwältigten Pförtner nicht mehr ewig vor Schmerzen zitternd auf den Boden zwingen.

„Schneller! Und alle anderen kommen auch hierher und knien sich in einer Reihe rücklings vor mich auf den Boden!" Seine Armbrust verfolgte die verängstigt näherkommende Sekretärin.

„Lassen Sie bitte meine Frau und das Kind gehen. Ich bitte Sie."

Die Verantwortung für seine Familie ließ von Karlsberg die vorherige Warnung des Südländers ignorieren.

Ich brauche jetzt keinen Helden, am besten, ich gebe ihm Hoffnung und schalte ihn dann schnellstmöglich aus, forderte de Santiagos innere Stimme als Reaktion auf von Karlsbergs Äußerung.

„Wenn du jetzt tust, was ich sage, dann überlege ich es mir, aber jetzt erst mal alle herkommen. Sofort! Ich spaße nicht und habe keinerlei Skrupel, Gewalt anzuwenden."

Dabei blickte er kurz zu seinem zweiten Opfer. Frau Steins Gesicht war mittlerweile rot vom Sauerstoffmangel und streifenverziert mit durch ihre Tränen verlaufenem Mascara. Um seiner Forderung Nachdruck zu verleihen, erhöhte er den Druck seines Stiefels noch weiter und ließ die nach Luft japsende, wehrlose Frau beinahe ersticken.

Auf einmal brachte sich der ranghöchste Bankangestellte ein: „Ich bin Herr Sosto, der CEO dieser Bank, was kann ich tun, damit die Situation nicht außer Kontrolle gerät? Ich werde kooperieren."

„Die Antwort bekommst du in Kürze. Nur Geduld!"

In diesem Moment kam der Pförtner wieder zu Kräften und versuchte, sich vor dem Bankräuber aufzubauen. Die Konsequenz war fatal! De Santiago ließ mit dem linken Fuß von Frau Stein ab und schleuderte ihn in einer geübten Körperdrehung mit aller Wucht gegen den Kopf des noch gebückt stehenden Mannes. Der Aufprall war so stark, dass dessen gesamte sechsundsiebzig Kilogramm heftig gegen das Treppengeländer geschleudert wurden und dort leblos zusammensackten. Der mit einem lauten Knacken ausgerenkte Kiefer und die beiden durch den Aufschlag tief gespaltenen Lippen verwandelten das vorher so adrette Gesicht des älteren Herrn in eine unwirkliche, blutende Fratze.

Diese neue Stufe der Eskalation von Gewalt war eine Warnung, die ihre Wirkung nicht verfehlte und den Geiseln ihre Hilflosigkeit in dieser Situation so real vor Augen führte, dass sie alle Hoffnung fahren ließen und die nackte Überlebensangst jeden weiteren Widerstand brach.

Die tödliche Armbrust zielte nun auf Michael von Karlsberg.

„Alle hierher, alle! Auf die Knie in einer Reihe, Gesicht zur Rezeption, Hände auf den Rücken. Du zuerst. Und ohne einen

Mucks!" De Santiagos Anweisungen wurden lauter und deutlicher denn je.

Michael von Karlsberg durchfuhr unendliche Angst um seine Familie. Er musste gehorchen.

„Es wird alles wieder gut, vertraut mir."

Anis von Karlsbergs und seine Hand berührten sich bis zum letzten Moment, während er sich langsam von seiner Familie in Richtung des Bankräubers entfernte. Anis schüttelte flehend ihren Kopf und hielt der zitternden Tochter schützend ihre Arme vor die Augen, damit die kleine Seele nicht zusehen musste, wie der eigene Vater gezwungen wurde, sich rücklings vor seinem Peiniger auf den Steinboden zu knien und die Arme auf dem Rücken zu kreuzen. Ein gezielter Shutō-Handkantenschlag auf von Karlsbergs Nacken ließ auch die zweite männliche Person ohnmächtig zusammenbrechen.

Anis von Karlsberg schrie auf, unterdrückte aber sofort ihren Gefühlsausbruch, um die Tochter vor diesen schrecklichen Bildern zu bewahren.

Die demonstrierte Gewalt hatte den gewünschten Erfolg: Die Angst füllte nun förmlich den ganzen Raum aus. Wie die Schafe zum Schlächter zogen langsam alle Gefangenen, die sich noch bewegen konnten, in Richtung des Geiselnehmers.

De Santiagos kurzes Kopfzucken zu den anderen Männern hin wirkte als unmissverständliche Anweisung, wie Delinquenten bei der Exekution in einer Reihe niederzuknien.

„Tippse, du hilfst mir!" Die Armbrust suchte wieder ihr altes Ziel. „Komm her, öffne die Tasche, nimm die Sachen einzeln heraus und leg sie auf den Boden."

Als Frau Huang den Inhalt der Tasche sah, wurde sie hysterisch. „Nein, bitte, ich kann das nicht!"

„Schnauze, tu, was ich dir sage, zuerst die Halsbänder!"

Die Männer drehten erschrocken den Kopf zur Seite, um die beschriebenen Objekte zu sehen.

„Schhhh, nicht umdrehen, sonst ist doch die Überraschung weg!"

Wie immer genoss de Santiagos Ego seine Macht über die Gefangenen. Die Situation begann ihn zu erregen.

„Jetzt nimm die Plastikbänder und fessle jeden der Männer an Händen und Beinen. Zieh die Bänder gut fest! – Sehr gut. – Jetzt Frau Stein."

Die vollkommen traumatisierte Frau Stein lag immer noch keuchend am Boden. Wenige Sekunden später war auch sie gefesselt.

Dann wandte de Santiago sich an die letzten Geiseln.

„Jetzt ihr zwei Hübschen. Und keine Szene, dann passiert euch nichts weiter, dafür habe ich sowieso keine Zeit."

Die Erinnerung an die häufigen Vergewaltigungen seiner weiblichen Folteropfer schlich sich unwillkürlich in sein Bewusstsein. Über etliche Jahre waren für den CIA-Agenten diese brutalen, oft stundenlangen sexuellen Peinigungen neben Besuchen bei billigen Prostituierten der einzige Kontakt zum anderen Geschlecht gewesen und hatten damit seine Wahrnehmung von Frauen krankhaft verändert. Doch de Santiago war professionell genug, um diesen Trieb zugunsten seines aktuellen Ziels vorerst zu unterdrücken.

„Kleb ihnen den Mund zu und fessle beide, zuerst das Kind!"

Frau Huang wurde zur Komplizin der Szene, befehligt von einem tödlich gespannten Bogen, dessen Besitzer wachsam ihre Handlungen beobachtete.

„Ich tue *alles*, was Sie wollen, aber lassen Sie mein Kind in Ruhe, ich flehe Sie an", bot sich die Mutter in ihrer Verzweiflung an. Sie zitterte am gesamten Körper, trotzdem war die Stimme entschieden und klar. Anis von Karlsbergs Mutterinstinkt diktierte ihr eine einfache Rechnung: Ich bin stärker und unverletzlicher, und alles, was mir und nicht meinem Kind passiert, wird weniger Schäden an meiner Psyche verursachen, als es bei meiner kleinen Lisa der Fall wäre.

Der Bankräuber hatte jedoch andere Pläne.

„Du hältst mich auf, tu, was ich sage, und widersprich mir nicht." Um seine krankhaften Triebe zu unterdrücken, trat er ihrem ohnmächtigen Mann rücksichtslos in den Magen. „Und zwar sofort!"

Er schnippte als Startzeichen für Frau Huang, und die junge Frau beugte sich verzweifelt zu Lisa hinunter, um dem schockierten Mädchen vorsichtig einen grauen Klebestreifen auf die tränennassen Kinderlippen zu drücken. Dabei wurde Lisa von ihrer Mutter gehalten, die ihr ununterbrochen über den Kopf streichelte, um das Unverständnis des Mädchens darüber, was plötzlich ihre bislang so heile Welt in diese Hölle umschlagen ließ, mit tröstenden Worten zu mindern: „Es tut mir leid, Häschen, es tut mir so leid, alles wird gut."

Mit gebrochenem Willen drehte sich dann auch Frau von Karlsberg um, kniete nieder und legte die Hände auf den Rücken. Die Plastikfesseln wurden angezogen und auch ihr Mund mit Klebestreifen verschlossen. De Santiago trat zu Frau Huang und fesselte nun selbst seine unfreiwillige Gehilfin. Kurz darauf schlugen neun von Elektroschocks durchströmte Körper, einer nach dem anderen, leblos auf den harten, kalten Steinboden auf.

Die Anspannung der letzten 369 Sekunden löste sich in Stille auf und de Santiagos konzentrierte Wahrnehmung erfasste allmählich wieder den gesamten Raum. Die Wände reflektierten unbeteiligt die fröhlichen, lebendigen Lichtspiele und aus der Ruhe schlichen sich matte, schleppende Akkorde in die Szene, die plötzlich immer lauter, schließlich fast donnernd wie ein starkes dramatisches Element die leblosen Körper umtanzten. Es war, als versuche das Motiv des Orkans in Vivaldis 2. Satz der *Vier Jahreszeiten*, dem *Sommer*, der freundlich über die Lautsprecher klang, die Totscheinenden wieder aufzuwecken.

Es wurde Zeit, die zweite Szene vorzubereiten.

***

11:44 Uhr

Als Direktor Berger wieder zu sich kam, war er schmerzhaft auf einen Bürostuhl gefesselt und die auf einem Stativ sitzende Armbrust starrte ihm direkt in die Augen. Es war wohl die Häufigkeit, mit der er in Zeitschriften, Filmen und Nachrichten zumindest visuell mit Pistolen, Gewehren oder Messern in Berührung gekommen war, die ihn den tödlichen Effekt dieser Waffen gefährlich inflationär einstufen ließ. Wohl nur deswegen hätte er alles darum gegeben, die unkontrollierbar anmutende Armbrust mit einer dieser ihm bekannteren Waffen zu tauschen. Genau dieses Unbekannte ließ Direktor Berger nun in Todesangst erstarren.

Die Situation war unwirklich symmetrisch angeordnet. Neben ihm saß der Vizedirektor, ebenfalls auf einen Stuhl gefesselt, und eines der bestellten mobilen Bankterminals stand aufgeklappt vor dem leitenden Angestellten. Gegenüber waren die Möbel zur Seite geschoben und zwei Sofas hochkant aufgestellt, sodass sie als Sichtschutz wirkten. In exakt gleichmäßigen Abständen waren Michael von Karlsberg, der immer noch zitternde Herr Morgenstern, Herr Sosto und der Pförtner mit dem kunstvoll perforierten Geländer der Empfangsplattform verbunden. Gespiegelt wurde das Bild von den Frauen, die offensichtlich an den Unterbau der Rezeption gefesselt waren.

Mittlerweile waren bis auf Michael von Karlsberg und den Pförtner alle Geiseln wieder aufnahmefähig und blickten sich gegenseitig ängstlich und hilfesuchend an. Zwei der Männer,

Herr Sosto und Vizedirektor Bluhm, waren wie paralysiert vor Angst und reagierten kaum auf die Blicke der anderen Geiseln.

De Santiago ergriff das Wort: „Alle werden jetzt sehr gut zuhören. Erstens: Ich habe nicht die Absicht, jemanden zu töten, wenn es nicht unbedingt sein muss. Aber ich habe einen Zeitplan einzuhalten. Jede Verzögerung dabei wird mich viel Geld kosten, doch den Verursacher der Störung wird sie das Leben kosten. Wenn also alle das tun, was ich sage, sind sieben von euch in genau dreißig Minuten wieder frei. Drei Personen werden zu meinem Schutz eine kurze Reise mit mir unternehmen und danach unversehrt freigelassen. Haben das alle verstanden?"

Er blickte in die Runde und zwang jedem ein Nicken ab.

„Zweitens: Ich habe hier einen Fernzünder, der zu dieser Armbrust und diesen Sprengvorrichtungen gehört. Sollte mir etwas passieren, werden die drei tödlichen Geräte unwiderruflich ausgelöst. Ich werde noch zwei Personen auswählen, welche die Ehre haben werden, diese Halsbänder zu tragen. Kooperiert ihr nicht, werden also mindestens drei von euch sterben." Er blickte zu Direktor Berger. „Ist das auch klar?"

Direktor Berger nickte zum wiederholten Male.

De Santiagos eiskalte Anleitung zum Überleben war erschreckend emotionslos, er schien unter keinerlei Druck zu stehen.

„Du scheinst mir am besten verstanden zu haben, deswegen nehme ich dir jetzt die Klebestreifen vom Mund ab und du antwortest ausschließlich auf meine Fragen, verstanden?"

Der Bankangestellte bestätigte ein drittes Mal.

De Santiago ging zu Direktor Berger und riss den grauen Klebestreifen schmerzhaft von dessen Mund.

„Ich erkläre dir jetzt, was du zu tun hast. Zuerst die gute Nachricht: Ich bin ursprünglich davon ausgegangen, dass wir nur ein Terminal und einen Direktor zur Verfügung haben würden. Jetzt haben wir hier drei Direktoren und drei Computer. Je schneller du nun 50.000.000 US-Dollar in Überweisungen von je einer Million Dollar auf diese zehn Auslandskonten überweist, desto schneller seid ihr mich wieder los und umso niedriger ist das Risiko, dass irgendjemand irreparable körperliche Schäden erleidet. So weit verstanden?"

De Santiago tippte auf einen Zettel mit Bankdaten.

Direktor Berger war für eine solche Situation geschult worden. Es hatte höchste Priorität, dem Bankräuber Kooperation anzubieten, um eine Eskalation zu vermeiden.

„Ich verstehe und ich werde kooperieren, Dr. Ripoll Arbe. Das wird aber einige Zeit in Anspruch nehmen."

„Richtig. Und je länger ich hier bin, umso nervöser wird mein Zeigefinger. Also wäre es besser für alle, wenn die drei Direktoren jetzt so schnell wie möglich die drei Terminals benutzen würden. Das können sie doch, oder?"

Direktor Berger zögerte einen Moment zu lange und de Santiago schlug ihm grob ins Gesicht.

„Wenn das nicht möglich wäre, hättest du sofort Nein gesagt. Du denkst zu lange darüber nach, wie du mich anlügen kannst!"

„Ja, ja, es ist möglich. Aber ...", er zögerte wieder, „nur Frau Stein hat die Zugangscodes zu den festen Terminals. Wir Direktoren kommen aus Sicherheitsgründen nur in das mobile Modul."

Frau Stein war schockbedingt in einen tranceähnlichen Zustand gefallen, doch das Nennen ihres Namens ließ sie aufschrecken.

De Santiago ging rasch zu ihr, schnitt sie los und zerrte die Frau gewaltsam am Nacken zum Terminal.

„Einloggen!", befahl er.

Frau Stein zitterte am ganzen Leib, die Situation war zu viel für sie. Die Sechzigjährige war schlichtweg unfähig zu handeln und riskierte dadurch schuldlos einen dramatischen Ausgang der Geiselnahme.

„Na, dann helfe ich etwas nach." Der feste Griff ins Haar war ihrer Kopfhaut noch allzu schmerzlich in Erinnerung und Frau Steins Angst lähmte sie noch stärker. De Santiago nahm eine Halsbombe und legte sie der fast regungslosen Frau um den Nacken. „So, meine Liebe, eine weitere Verzögerung, und dein Kopf lernt fliegen."

Direktor Berger, der die Szene besorgt beobachtete, behielt einen klaren Kopf und mischte sich in die Situation ein.

„Sie sehen doch, dass Frau Stein vollkommen unter Schock steht. Das Terminal verfügt über ein hochsensibles Sicherheitssystem, das mit Passwort, Fingerprint und Spracherkennung freigeschaltet wird. Sie müssen ihr den Mund freimachen und hoffen, dass sie unter diesen Umständen überhaupt normal reden kann."

Mir einem Ruck riss de Santiago auch ihr das Klebeband vom Mund, drückte ihren Kopf in Richtung Terminal und flüsterte der Frau drohend ins Ohr: „Du solltest beten, dass dein Boss unrecht hat und du noch reden kannst. Los jetzt!" Sein starker Arm stieß Frau Stein nach vorne. Die vollkommen verstörte Angestellte tippte den Zugangscode, zog ihren Finger über den biometrischen Scanner und wartete auf die Aufforderung des Systems zum Stimmenvergleich.

„Willkommen Frau Stein, bitte sprechen Sie jetzt."

Die Chefsekretärin holte tief Luft und sprach zitternd das Wort *Edelstein* in den Computer.

„Zugang verweigert, bitte wiederholen Sie Ihr Passwort", forderte die Elektrostimme auf.

„Edelstein."

Frau Stein stand kurz vor einem Nervenzusammenbruch.

„Zugang verweigert, bitte wiederholen Sie Ihr Passwort. Beim nächsten Fehlversuch wird das Terminal gesperrt."

De Santiago kannte nichts anderes, als durch Drohungen und Gewalt an sein Ziel zu kommen, und hielt den Auslöser vor Frau Steins Gesicht.

„Wenn du nichts kannst, bist du mir auch nichts wert und ich kann dich gleich wegpusten."

Direktor Berger mischte sich erneut ein.

„Bitte, die Stimmenerkennung reagiert sehr sensibel auf Abweichungen in der Stimmlage. Sie sehen doch, dass Sie die Frau mit Ihren Drohungen noch mehr aus der Fassung bringen." Er blickte seine Mitarbeiterin an und versuchte beruhigend auf sie einzuwirken. „Frau Stein, sehen Sie mich an. Ich verstehe, es ist schwierig. Aber Sie haben immer alles so souverän für uns gemeistert. Das schaffen Sie auch jetzt. Atmen Sie einmal tief durch und probieren Sie es noch einmal, wenn Sie so weit sind."

Ihre gesamte Konzentration war jetzt auf einen sonst so banalen Vorgang gerichtet: das Sprechen. Wie vor einer unendlich großen Aufgabe holte Frau Stein tief Luft, schloss die Augen und ermahnte den Computer: „Edelstein!"

Es vergingen die längsten zwei Sekunden ihres Lebens. Selbst die anderen Geiseln hielten vor Anspannung den Atem an.

Plötzlich verschwand das Logo der Privatbank Genf AG vom Bildschirm, und es erschien ein Startmenü.

Gott sei Dank, schoss es durch alle Köpfe.

„Geht doch. Und jetzt machst du zwei Kopien dieses Zettels!", forderte de Santiago die sichtlich erleichterte Frau auf.

Ein All-in-one-Gerät lieferte kurz darauf die Papierzwillinge und de Santiago händigte sofort eines der Blätter an Direktor Berger aus.

„Du startest mit den Konten eins bis vier. Je fünf Überweisungen auf ein Konto, dann zum nächsten Konto übergehen. Nicht die Reihenfolge ändern!"

Danach schnitt er die Hände von Vizedirektor Bluhm frei, rollte ihn zum Terminal II und gab ihm ebenfalls einen der Zettel.

„Du machst das Gleiche mit den Konten fünf bis sieben, nach jeder Überweisung gibst du mir Bescheid", wies er den vollkommen regungslosen Mann an. Dann wandte er sich wieder an Frau Stein. „Los, schalt jetzt das zweite Terminal frei!"

Dieser Befehl löste erneut Angst und Qualen bei der Frau aus. Am liebsten wäre sie jetzt davongelaufen, doch die Angst verhinderte auch das. Die Sekretärin ging also wie befohlen zum nächsten Terminal und holte wieder tief Luft.

***

11:46 Uhr

Währenddessen ergriff de Santiago das mobile Gerät und ging zu Herrn Morgenstern, der, festgezerrt am Geländer, in Gedanken allerlei Versprechungen an Gott abgab, sollte er lebend hier herauskommen. Die sonst so perfekt sitzende Frisur war ihm ins Gesicht gefallen und seine Augen waren dunkel unterlaufen.

„Deinen Mundschutz lass ich mal dran, du schreist sonst bestimmt wie am Spieß. Das Prozedere hast du verstanden?"

De Santiago starrte ihn drohend an, woraufhin Herr Morgenstern mit Tränen in den Augen nickte.

„Du Schwuchtel trägst doch nicht etwa Eyeliner?" Angeekelt spuckte er auf den Boden. Für ihn waren diese Wesen von einer Krankheit befallen, deren Herkunft und Übertragbarkeit ihm unbegreiflich waren.

„Wie auch immer. Ich binde deine Hände jetzt los, damit du das Terminal bedienen kannst. Versuch ja nicht, dich zu befreien! Du würdest sowieso nicht weit kommen. Du kannst deinen Arsch darauf verwetten, dass ich dich bei jedem Versuch innerhalb einer Sekunde abschlachte. Und so wie du aussiehst, ist dir dein Hintern viel wert." De Santiago schlug ihm respektlos auf den Hinterkopf. „Kapiert?"

Morgenstern blickte hilflos nach unten und nickte, während seine bereits blau angelaufenen Hände befreit wurden.

In diesem Moment geriet der von de Santiago so sorgsam geplante Ablauf durch eine plötzliche Abfolge ungeplanter Ereignisse durcheinander. Der gerade eben befreite Herr Morgenstern fing an, wie wild mit seinen Armen herumzufuchteln, da ihm nach der mangelnden Durchblutung nun ein heftiges Kribbeln in den Händen starke Schmerzen verursachte. Gleichzeitig kam gleich neben ihm von Karlsberg zu Bewusstsein und versuchte instinktiv, sich durch ebenfalls kräftige, ruckartige Bewegungen seines Körpers aus der Gefangenschaft zu befreien.

Noch bevor de Santiago auf die neue Situation eingehen konnte, schlug zwei Sekunden nach einem erfolgreichen fünften „Edelstein" die Anspannung bei der Empfangsdame in einen Überlebensimpuls um. Frau Stein verlor jegliche Fassung und Übersicht, zuckte hin und her, blickte ebenso orientierungslos wie suchend im Raum umher und schrie wie am Spieß. Plötzlich drehte sie sich um und rannte über die Brücke in Richtung der Tresorräume und der Aufzüge. Die Situation drohte zu eskalieren.

Der athletische Ex-Agent brauchte keine acht Schritte, um sie einzuholen und wie zuvor brutal an den Haaren zu Boden zu reißen. Doch obwohl sein Griff diesmal so unglaublich fest war, dass sie durch die zurückgezerrten Haare wie nach einem Lifting fast zehn Jahre jünger aussah, fing sie an, wie wild auf ihren Gegner einzuschlagen.

„Ich will nicht sterben, ich will nicht sterben", kreischte sie.

De Santiago benötigte jedoch nur zwei geübte Griffe, um sie handlungsunfähig zu machen und ihre Arme schmerzhaft auf ihrem Rücken zu fixieren.

„Wenn du noch eine Sekunde länger leben willst, dann sei jetzt sofort still!"

Er schob mit einer unglaublichen Leichtigkeit die vor Schmerzen stöhnende Dame wieder zum Empfang. Eine Leiche würde ihm jetzt nicht gerade helfen, aber wenn das der einzige Weg war, um Ruhe in die Situation zu bringen, genügte de Santiagos Kampferfahrung, um der Frau mit einem Ruck das Gesicht auf den Rücken zu drehen und das Genick zu brechen. Frau Stein spielte mit ihrem Leben.

„Ich, ich weiß nicht, Entschuldigung, ich weiß nicht, was ich tue. Ich bin gestern Großmutter geworden, ich hab meinen Enkel noch nicht einmal gesehen. Ich wäre heute zu meiner Tochter gegangen." Ihre Hysterie wandelte sich in Jammern, sie heulte und ihre Worte kamen nur stockend, unterbrochen von tiefen Schluchzern, über die dünnen Lippen: „Bitte, ich … ich will leben, ich … ich will … meine Tochter und … und meinen Enkel sehen. Bitte nehmen Sie … mich nicht als Geisel … Wen … wen schert schon eine alte Frau? Ich bin doch nichts wert als Geisel."

De Santiago überraschte diese Argumentation. Natürlich bettelten Gefangene in der Erwartung ihres Schicksals erbärmlich um ihr Leben. Das passierte aber normalerweise nicht, wenn diese Menschen einer Gruppe angehörten. Hier war es meist gerade andersherum: Ältere Herren, Väter, Ehemänner und besonders edle Erdenbürger boten sich zum Austausch für Frauen, Kinder und Schwächere an.

Auch Direktor Berger, Vizedirektor Bluhm und Herr Morgenstern sahen sich fassungslos an. Von Karlsberg blickte angsterfüllt zu seiner Familie. Jedem war die schreckliche Konsequenz dieser Aussage wie ein Donnerschlag ins Bewusstsein gedrungen.

„Frau Stein, wie können Sie nur?", attackierte Direktor Berger die grauhaarige Angestellte.

***

Schlagartig wurde auch Frau Stein die Konsequenz ihrer Aussage klar und sie erschrak über den fatalen Hinweis, den sie soeben gegeben hatte.

„Nein, so hab ich das nicht gemeint. Um Gottes willen –"

Noch bevor sie ausreden konnte, schlug ihr Kinn brutal auf die steinerne Tischkante der Rezeption auf und die Sechzigjährige fiel nach dem lauten Krachen ihres Kieferknochens blutend und regungslos zu Boden.

„So ein hysterisches Wesen ist als Geisel sowieso zu stressig. Aber sie hat recht. Wie heißt es so schön? Mütter und Kinder zuerst."

Diese Aussage bestätigte die schlimmsten Befürchtungen der Gefangenen. De Santiago löste die elektrische Halsbombe durch die Eingabe eines fünfstelligen Nummerncodes, nahm den zweiten, auf der Rezeption liegenden Sprengsatz und ging damit zu Anis von Karlsberg und ihrer sechsjährigen Tochter hinüber.

***

17. KAPITEL

Banca Dello Santo Spirito
12:48 Uhr Ortszeit

Thiago delle Torre nahm seine Kaffeetasse und versuchte vergeblich, aus dem leeren Gefäß noch etwas hinauszuschlürfen. Er war nervös und blickte immer wieder auf den Flat-Screen-Monitor, der so positioniert war, dass ihn auch seine Besucherin einsehen konnte.

„Señora Ripoll Arbe, ich hoffe, alles läuft so, wie Sie es mir beschrieben haben. Es dauert etwas lange. Wann, sagten Sie, sollte die erste Überweisung Ihres Erbes getätigt werden? Sie haben doch das beglaubigte Testament im Original jetzt vorliegen?"

„12:40 Uhr. Aber vielleicht gab es beim Notar leichte Verzögerungen. Oder die Transaktion dauert etwas länger. Haben Sie ein bisschen Geduld! Das Original ist per Kurier an Sie herausgegangen. Es sollte heute noch ankommen."

Die Besucherin log und musste gleichzeitig nach außen hin unbedingt Ruhe bewahren, obwohl auch sie innerlich kämpfte. Mit jeder Minute drangen mehr Zweifel in ihre Gedankenwelt. *Was ist passiert? Ist etwas schiefgegangen?* Der Plan war hochgradig riskant. Und das wusste sie natürlich. Ein Fehler, und sie konnte für immer hinter Gittern landen. Wenn nicht ihrem Komplizen in der Stadt am Potomac River noch viel Schlimmeres zustoßen würde. Auf ihn lauerte der Tod.

***

18. KAPITEL

„Bitte, verschonen Sie das Kind, nehmen Sie mich", bot sich Direktor Berger an.

De Santiago zuckte kurz mit seinem Kopf zur Armbrust und tippte leicht auf den Funkauslöser.

„Ich hab dich schon. Mach weiter!"

Zehn Sekunden später waren Mutter und Kind mit je einem tödlichen Collier verziert und über Funk mit der Willkür ihres Tyrannen verbunden.

Von Karlsberg versuchte durch noch wildere Bewegungen, Kontakt mit ihm aufzunehmen. Seine Hilflosigkeit trieb ihn fast in den Wahnsinn. Immer stärker drückte er trotz aller Schmerzen seinen Körper gegen das Geländer und schrie ungehört in seine Knebelung. Erfolglos. Seine Bemühungen wurden kaltschnäuzig ignoriert.

De Santiago sah auf die Uhr.

„Wir sind hinter der Zeit, ich werde keinerlei Unterbrechungen mehr dulden. Direktoren, weitermachen! Berger, von dir benötige ich gleich noch etwas anderes."

Er nahm die Armbrust, legte ein Farbgeschoss ein und zielte mit ruhiger Hand auf eine der vier Überwachungskameras an der Decke, zog ab und eine dickflüssige Schicht legte sich über das Objektiv. Diesen Vorgang wiederholte er bei jeder Kamera mehrere Male und brachte danach seine Waffe wieder in die alte Position. Jetzt nahm er zum ersten Mal die Brille ab.

Direktor Berger blickte ihn mit größter Abneigung an. De Santiagos Augen waren tiefschwarz und böse, ohne jeden Funken von Menschlichkeit.

„Und jetzt löse den Alarm aus!"

„Entschuldigen Sie bitte?" Diese Aufforderung verwirrte den Direktor. „Ich soll den Alarm auslösen?"

„Du hast richtig gehört."

„Wieso?" Direktor Berger hatte das Gefühl, damit die Lage vollkommen außer Kontrolle geraten zu lassen.

Statt einer Antwort übergab de Santiago Direktor Berger einen weiteren Zettel. „Gib diese Nummer weiter, wenn das FBI Kontakt aufnimmt. Und keine Fragen vom FBI beantworten!"

De Santiagos innere Stimme schaltete sich wieder ein, als ob er seine Entscheidung noch einmal bestätigen wolle: *Ich bestimme, wann der Alarm ausgelöst wird. Ich überlasse nichts dem Zufall. Sobald ich das Gebäude verlasse, wird der Alarm sowieso ausgelöst und ich bin Freiwild. Nein, ich nutze den Feind für meine Sache.*

„Und alle überweisen brav weiter das Geld. Ich werde die Eingänge online überwachen. Tut, was ich sage, sofort!"

De Santiago nahm seine Reisetasche, setzte sich vor die hochkant aufgestellten Sofas und kramte unterschiedlichste mobile TAN-Geräte sowie einen Laptop aus der Tasche.

Danach verband er den tragbaren Computer über einen Prepaid Account mit dem Internet und loggte sich in sein erstes Bankkonto ein.

Sehr gut, die ersten fünf Millionen sind angekommen. Er gab einen elektronischen Auftrag zum Transferieren der gesamten Summe an eine 5218 Meilen von ihm entfernte Bank ein, bestätigte den Vorgang mit der gerade generierten TAN-Nummer und das Konto war wieder leer.

***

Untermalt von dem leisen Kompressorgeräusch der Kaffeemaschine, machte sich Troy Turner gerade den zweiten Cappuccino zurecht. Drei Minuten zuvor hatte Direktor Bergers Zeigefinger das Startzeichen für den dritten Akt gegeben und dadurch selbst in Raum I Veränderungen herbeigerufen, die die Konzentration des Journalisten störten und ihn zu einer Pause bewogen.

Um 11:49 Uhr hatte sich plötzlich die gläserne Aufzugtüre zum Safe geschlossen und die Schmuckschatulle seiner Frau war unplanmäßig davongesurrt. Im selben Moment war die Hintergrundmusik abgebrochen und das Licht war stärker geworden, wie, um Turner auf etwas aufmerksam zu machen.

Die werden mir doch nicht sagen wollen, dass ich zu lange hier bin, rätselte er ironisch. *Na ja, es wird sogar in dieser perfekten Welt technische Fehlfunktionen geben. Ich frage da später mal nach.*

Er hatte erst knapp die Hälfte seiner Verträge durchgearbeitet und lief bereits Gefahr, zu dem Essen mit seinem Boss zu spät zu erscheinen.

Kein guter Start. Er blickte auf sein Handy. Die Balken in der linken oberen Ecke hatten sich aufgelöst. *Kein Empfang. Na gut, es gibt ja noch die akademische Viertelstunde. Bis dahin sollte ich fertig sein,* legitimierte sein Gewissen die Verspätung und seine Trägheit gegenüber der Möglichkeit, das Festnetztelefon zu benutzen. Beruhigt sprangen seine Augen automatisch an die Stelle zurück, an der sie den Vertragstext vor der Störung verlassen hatten.

***

Das ausgeklügelte Sicherheitssystem hatte nach seiner Aktivierung mehrere interne und externe Aufgaben zu bewerkstelligen, die in zwei Kategorien gegliedert waren: Es gab sowohl sichtbare als auch unsichtbare Vorgänge für die Personen im Empfangsraum.

Sofort verstummten die beruhigenden Töne der klassischen Musik, woraufhin natürlich auch die zuvor durch Schallwellen animierte Wasseroberfläche und deren Lichtreflexionen erstarrten. Die Lichter unter dem Glaskanal erloschen schlagartig, dafür maximierten alle Deckenstrahler ihre Leistung. Dadurch wandelte sich die vorher durch Licht und Ton so perfekt gestaltete Illusion in eine kalte und reale Welt. Die physikalischen Gesetze taten ihr Übriges, zogen die zuvor noch die Außenwelt reflektierende Spiegelung der Frontglasscheibe auf die Innenseite und ließen sie fortan nur noch die Geschehnisse im Foyer selbst nacherzählen. Die Außenwelt war für die Menschen in der Bank nun optisch unerreichbar.

Parallel zu dem beim FBI und bei der Polizei abgesetzten Code für einen bewaffneten Raub mit Geiselnahme wurden dem FBI die Überwachungskameras der Bank freigeschaltet. Gleichzeitig wurden die Außentüren des Foyers verriegelt und beide Garagentore geschlossen. Alle Zugänge konnten ab diesem Zeitpunkt nur durch einen leitenden Angestellten der Bank mithilfe eines lediglich dem FBI bekannten Sicherheitscodes wieder geöffnet werden. Zum Schutz der Mitarbeiter, die sich in den oberen Büros befanden, und zum endgültigen Abschneiden aller Fluchtwege wurden die Aufzüge im selben Moment außer Betrieb gesetzt. Der gesamte Empfangsraum war damit binnen drei Sekunden seinen Insassen zum Gefängnis geworden.

***

19. KAPITEL

Banca Dello Santo Spirito
12:52 Uhr Ortszeit

Der etwas übergewichtige Direktor tupfte sich Schweiß-
perlen von der Halbglatze.

„Sie wissen, ich riskiere hier Kopf und Kragen, wenn ich
keine Dokumente über die Herkunft des Geldes vorlegen
kann. Die Geldwäschegesetze sind sehr streng."

Auch seine Besucherin blickte in immer kürzeren Abständen auf ihre goldene Tank Francaise und stand kurz davor,
die Aktion aufzugeben. Es musste etwas passiert sein. Delle
Torres Beschwerde kam ihr gerade recht, um den inneren
Druck abzulassen.

Sie versteifte ihren Oberkörper und blickte den Mann drohend durch ihre dunklen Brillengläser an.

„*Sie* riskieren Kopf und Kragen? Sie erwarten 2.500.000
amerikanische Dollar als *Sondergebühr* für den schnellen Um-
tausch des Bargelds in Bonds. Ist das möglicherweise eine
Gebühr, die nicht ganz astrein ist? Ansonsten verstehe ich Ihre
Bedenken nicht!"

„Señora, verstehen Sie mich nicht falsch. Es geht nur um
das Testament."

Mit der linken Hand griff die Frau in ihre Jackentasche und
befühlte das darin befindliche Militärklappmesser. *Dieser
schleimige Arschkriecher, noch ein Wort und ich schneide ihm die
Kehle durch.*

„Verstehen Sie, Señora –"

Plötzlich erklang ein kurzes ‚Pling' und die Zahl 5.000.000 erschien auf dem Kontensaldo.

„Oh, sehr gut. Das erste Geld ist da." Der Direktor atmete erleichtert auf und konzentrierte sich nur noch auf den Bildschirm. „Dann können wir uns ja an die Arbeit machen.

***

20. KAPITEL

Keine drei Minuten, nachdem der Notruf in der Pennsylvania Avenue eingegangen war, bewegte sich bereits ein Konvoi des FBI in Richtung der nur siebenhundertfünfzig Meter entfernten Bank. Angeführt wurde der Zug von einem durch lautes Hupen die Straßen freimachenden Chevrolet, gefolgt von einem abgedunkelten Cadillac, einer wie eine rollende Festung anmutenden mobilen Kommandozentrale, diversen Transportwagen des Human Rescue Teams und mehreren Fahrzeugen der SWAT-Einheit.

Die in der Gegend um das Weiße Haus ohnehin massiv vorhandenen Polizeikräfte hatten den Bereich der 15. Straße bereits zwischen der F und der G Straße abgesichert. Bei Sichtung der nahenden Spezialeinheiten zogen sich zwei der Polizeieinsatzwagen kurzzeitig zurück und überließen dem FBI-Konvoi den Einzug in den abgesicherten Bereich. Plötzlich verfiel der gesamte Block aus der vorangegangenen Hektik in eine starre Wartehaltung.

Eine Gruppe von fünf Special Agents fand sich zu einer ersten Lagebesprechung bei Assistant Special Agent in Charge, Messine Okeanos, ein. Diese blickte mit einem geübt gefühllosen Gesichtsausdruck den durchweg männlichen Teamleitern nacheinander in die Augen und legte los.

„Meine Herren, haben Sie irgendetwas zu berichten? Gab es bereits Kontakt?"

„Nein. Seit dem Alarm ist alles ruhig geblieben. Zwei meiner Männer waren unmittelbar nebenan, als der Alarm ausgelöst wurde. Es gab seitdem keinerlei Vorkommnisse", berichtete der ranghöchste Polizeibeamte vor Ort. Sein Walky-Talky spuckte ununterbrochen Meldungen aus.

„Gut, ich möchte, dass Sie Ihre Männer aus der inneren Zone abziehen und sich darauf konzentrieren, diesen gesamten Block für Zivilisten abzusperren. Das gilt auch für die 14. Straße." Agentin Okeanos zog mit ihrem Zeigefinger auf dem Lageplan ein Quadrat über F, 15., G und 14. Straße.

Der Sergeant reagierte nicht auf die Frau und starrte genervt den schwarz gekleideten SWAT-Kommandanten an.

„Jetzt wissen wir, warum Ihr Walky-Talky so laut ist", fügte Okeanos hinzu.

„Entschuldigung?"

Die Stirn des etwa vierzigjährigen Weißen runzelte sich. Sein fragender Blick erreichte nun auch die weibliche Führungskraft.

„Sie sind ja offensichtlich schwerhörig, ansonsten könnte ich mir nicht erklären, warum Sie meinen Anweisungen keine Folge leisten, da ich hier die leitende Beamtin bin."

„Dazu benötigen wir mehr Personal", protestierte der Sergeant, wohl wissend, dass er gerade zum Wachmann degradiert worden war.

„Dann fordern Sie es eben an. Ich erwarte Ihre Meldung in zwei Minuten."

Unmittelbar nach dieser Anweisung wandte sich Okeanos an den Leiter des SWAT-Teams. Sie war den Umgang mit Männern gewohnt, die ungern Anweisung von Frauen entgegennahmen, und die einfachste Art, diese Disziplinlosigkeit zu stoppen, war die Untermauerung ihrer Anweisungen durch einen anderen Mann.

„Agent Bitangaro, ich denke, Sie sind meiner Meinung, dass dieser innere Bereich ab sofort von Ihren Jungs gesichert werden kann und Sie dazu keine Unterstützung vonseiten der Polizei benötigen?"

Ein glatzköpfiger Zwei-Meter-Hüne antwortete in militärischem Tonfall: „Absolut, ich habe drei Teams vor Ort –"

Noch bevor er den Satz zu Ende gesprochen hatte, drehte sich der Polizist um, machte eine kreisende Handbewegung über seinem Kopf, nuschelte Anweisungen in sein Walky-Talky und verließ den Ort der Besprechung.

Im selben Moment gab der SWAT-Kommandant mehrere Handzeichen an die Teamleiter der Einheiten, und die vorher von blau gekleideten Polizisten besetzten Positionen wurden von Spezialisten in schwarzen Uniformen besetzt.

***

„So, jetzt sind wir unter uns", fuhr Special Agent Okeanos fort. „Wir haben folgende Informationen. Der Alarm kam aus dem Empfangsraum der Bank. Bei einem Überfall wird dieser abgeriegelt. Wir gehen also davon aus, dass unsere Zugriffsperson oder -Personen sich noch dort befinden."

Dann erklärte sie das Sicherheitssystem der Bank und erläuterte weitere Details: „Neben diesen Vorkehrungen wurde das Foyer so konstruiert, dass aus fünf auf dem Dach des US-Treasury-Gebäudes markierten Positionen die gesamte erhöhte Empfangsplattform eingesehen werden kann. Wenn diese Positionen exakt eingehalten werden, gibt es für Ihre Scharfschützen keine toten Winkel auf der Plattform und auf dieser Brücke, die zu den Aufzügen und den Schließfächern der

Bank führt. Agent Bitangaro, ich will Ihren fähigsten Sniper auf dieser zentralen Position C haben."

Sie tippte auf den Plan. Der analog zu seiner Hautfarbe schwarz gekleidete Afroamerikaner nickte.

„Für die untere Ebene benötigen wir weitere zwölf Ihrer besten Männer, die neben dem Eingangsbereich auf den Einsatzbefehl warten. Die anderen Agenten positionieren Sie an den Seiten und dem rückwärtigen Gebäudebereich, für den Fall, dass es der Täter doch irgendwie schaffen sollte, dort einen Ausgang zu finden. Haben wir die Videoübertragung aus der Bank?", bezog sie jetzt den einzigen untrainiert aussehenden Mann in die Situation ein.

„Haben wir, die sind aber nicht zu gebrauchen. Die Bilder sind einfach nur grau. Wir gehen davon aus, dass die Objektive durch irgendetwas verdeckt worden sind", antwortete Agent Bennett, der verantwortliche technische Leiter der mobilen Kommandozentrale.

„Wunderbar, also wissen wir nicht einmal, wie viele Personen im Raum sind. Geben Sie jedem Ihrer Männer, die für den Einsatz in der Bank zuständig sind, die Zugangscodes für die Eingänge. Sind die Präzisionsgewehre mit den Drohnen verbunden?"

„Erst, wenn die Sniper in Position sind", erklärte der bebrillte Computerfachmann.

„Worauf warten wir dann noch? Alles in Position! Ich nehme Kontakt mit der Bank auf, sobald alle Männer ihre Posten erreicht haben."

Der SWAT-Kommandant kontaktierte erneut seine Teamleiter, und die verbleibenden vierundzwanzig schwerbewaffneten Spezialisten begaben sich sofort auf die ihnen zugewiesenen Positionen. Die Privatbank Genf AG war umzingelt.

***

21. KAPITEL

W Hotel
11:58 Uhr

Jack Farrow hatte es sich gerade an seinem angestammten Fenstertisch im J&G Steakhaus des W Hotels gemütlich gemacht, als ein Konvoi des FBI donnernd an der Fensterfront vorbeizog und wenige Meter weiter eine Polizeiabsperrung passierte. Kurz zuvor waren ihm bereits Sirenen von Einsatzfahrzeugen aufgefallen. Das war jedoch in der Nähe des Präsidentensitzes völlig normal und hatte selbst dem immer neugierigen Nachrichtenmogul keinen zweiten Gedanken abgenötigt.

Sein Finger verweilte zwei Sekunden lang auf der Kurzwahltaste 6, dann wurde er mit der Mailbox von Troy Turner verbunden. Er brach die Ansage jedoch ab, da er nun doch neugierig wurde.

„Herr Ober, wissen Sie, was da draußen los ist?", versuchte er Klarheit zu erlangen.

„Tut mir leid, Herr Farrow, mir ist nichts bekannt. Aber ich schalte gerne den Fernseher ein", bot der Restaurantangestellte dem ihm aus der Reservierungsliste namentlich bekannten Gast höflich an.

„Ja bitte, ich schaue aber auch selbst draußen einmal nach. Ich komme sofort wieder. Würden Sie mir bitte in der Zwischenzeit ein Wasser und ein kühles Bier bringen", orderte er zwei Getränke, die er niemals trinken sollte.

Jack Farrow trat auf die 15. Straße hinaus und drückte gleichzeitig die Kurzwahltaste Nummer 2.

„Was gibt es, Boss?"

„Haben Sie irgendwelche Informationen über einen Polizeieinsatz in der 15. Straße?"

„Nicht, dass ich wüsste. Wir haben alle Sender im Visier, die berichten nichts. Und über unsere Kontakte bei der Polizei oder dem FBI ist auch nichts bekannt geworden. Tut sich dort etwas?"

„Mehr als etwas, einen Moment mal." Jack hielt das Mikrofon instinktiv mit der Hand zu und sprach einen Polizisten an: „Entschuldigen Sie, was ist hier los?"

„Sie dürfen hier nicht weitergehen. Wir haben einen bewaffneten Banküberfall. Bitte gehen Sie zurück, es ist gefährlich!", befahl der Beamte.

Jack drehte sich kurz weg.

„Stefanie, schicken Sie sofort einen TV-Wagen und einen Hubschrauber. Hier wird gerade eine Bank überfallen und so, wie es aussieht, ist unser Troy Turner mitten drin. Versuchen Sie ihn umgehend zu erreichen. Ich probiere derweil, mehr Details herauszufinden."

Dann griff er in seine Jacketttasche und entnahm ihr einen Journalistenausweis.

„Entschuldigen Sie, ich muss hier durch, ein Mitarbeiter von mir ist in der Bank. Wer ist hier verantwortlich?", bahnte er sich einen Weg zum Epizentrum des Geschehens vor, und der zuvor so abweisende Polizist nickte ihm beim Anblick des Ausweises den Weg frei. Jack fühlte sich schlagartig in die Anfänge seiner Journalistentätigkeit zurückversetzt.

In diesem Moment startete ein roter Hubschrauber des Media Channel 7 von dem nur vier Meilen entfernten MPD 2 Heliport in Richtung der 15. Straße.

* * *

22. KAPITEL

Auf dem Dach des United States Department of the Treasury hatte Scharfschütze Miller bereits seine Stellung eingenommen. Agent Miller war ein ehemaliger Elitesoldat des Marine Corps Special Operations Command Detachment One und war auf persönlichen Wunsch nach der Auflösung dieser Einheit in das Team des FBI gewechselt. Seine Militärausbildung prädestinierte ihn zum Musterbeamten. Er führte Befehle aus und war dabei der tiefen Überzeugung, dass alle Aktionen seines SWAT-Teams, egal, welcher Tragweite, legitimiert durch die Gesetzgebung der Politik und damit im Sinne und zum Schutze der Gesellschaft waren. Er war dafür trainiert, in letzter Instanz das Gute vom Bösen zu trennen, ohne dabei selbst Entscheidungen zu hinterfragen. Auserwählt war er dazu nicht wegen seinem ausgeprägten Gerechtigkeitssinn oder seiner besonderen intellektuellen Fähigkeiten, sondern primär seiner körperlichen Eigenschaften wegen. Seine Adleraugen und eine extreme ruhige Hand, kombiniert mit seiner überdurchschnittlichen Konzentrationsfähigkeit, ließen ihn selbst bei Tötungsakten keinerlei Ablenkung durch Stress oder Zweifel erfahren.

Er sah sich als das finale Medium, das letzte Glied einer Befehlskette, geschaffen, um in Extremsituationen den Willen der Gesellschaft auszuführen. Es bedurfte lediglich einer schlichten Anweisung der übergeordneten Einheit, um die zehn Millimeter Positionsveränderung seines Zeigefingers zum Betätigen des Abzugs seines Präzisionsgewehrs abzurufen. Die Abläufe waren geübt, mechanisch und präzise wie die einer Maschine. Genau genommen, war dadurch nicht er selbst das letzte Glied in einer Maschinerie, sondern eine neu entwickelte Patrone, die vollkommen gewissenlos im Lauf der Schneider Match Grade SS Barrel auf ein tödliches Kommando wartete.

***

Der Scharfschütze platzierte „Kate", wie das M40A3-Gewehr bei den Marines genannt wurde, genau auf die Positionsmarkierung C, stabilisierte die Waffe durch ein Zweibein und nahm, seinem Befehl entsprechend, das mittlere Fenster durch das Zielfernrohr ins Visier.

Ich habe die Prime Position, lobte er sich selbst und sah dies als klaren Hinweis darauf, dass der Täter durch einen seiner exakten Schüsse ausgeschaltet werden sollte. Er aktivierte drei neuartige funkgesteuerte High-Tech-Module: erstens das Videomodul, um die optischen Eindrücke seines Visiers direkt an die Einsatzzentrale zu übertragen, zweitens den Sechs-Inch-Monitor an seinem Handgelenk, um Video- und Textinformationen von der Einsatzleitung empfangen zu können, und drittens das Steuerungsmodul für die sechzehn seinem Gewehr zugeordneten Drohnen. Ein Teil dieser Flugroboter hatte die Aufgabe, bei Durchschüssen von Glas jede selbst minimale Umleitung des Geschosses zu verhindern. Dazu wurden acht computergesteuerte Mini-Drohnen als Sprengroboter um den zu durchschießenden Bereich herum angebracht und funkgesteuert zeitgleich mit dem Schuss ausgelöst. Die restlichen acht Quadrocopter waren darauf programmiert,

unmittelbar nach Zerstörung der Glasscheibe in den Zielbereich zu fliegen und dort als Blendbomben zu explodieren.
Ziel dieser Aktion war es, eventuelle weitere in der Zugriffs-
zone befindliche Geiselnehmer kurzzeitig kampfunfähig zu
machen und das Spezialkommando dadurch beim Überra-
schungsangriff in den Räumen zu unterstützen.

Zum ersten Mal fühlte sich Agent Miller nicht nur mit dem
Gewehr, sondern auch mit sechzehn weiteren Fluggeräten, der
24,5 Gramm schweren Patrone und ihrem zehn Gramm wie-
genden tödlichen Geschoss als eine Kampfeinheit.

Wie um Kate nun aufzuwecken, strich er wie gewohnt
einmal über den Lauf der Waffe, tippte mehrmals kurz auf das
Zielfernrohr und flüsterte: „Für Ben".

Ben, der sechzehnjährige Bruder seines besten Kameraden,
war 2005 bei einer Geiselnahme ums Leben gekommen, und
Agent Miller hatte damals den Entschluss gefasst, dass diese
Art von Verbrechern eliminiert werden müsse. Dies war der
Grund, warum er seine außergewöhnliche Treffsicherheit in
den Dienst des FBI stellte. Es war ein Deal: Das FBI brauchte
ihn und er brauchte das FBI, um den wertlosen Abschaum der
Gesellschaft auf legale Weise auszuschalten.

***

Scharfschütze Miller war jetzt einsatzbereit.

„Melde Position C in Stellung. Ich habe freie Sicht und bin
schussbereit auf Einheit 2."

„Bestätige. Bleiben Sie in Position und melden Sie neue
Vorkommnisse", gab die Teamleitung zurück.

„Verstanden und bestätigt."

***

„Ich verstehe das nicht, diese Bank liegt im sichersten Bezirk Washingtons. Hier wimmelt es nur so von Sicherheitskräften. In den Anweisungen steht, dass sie nur verhältnismäßig wenig Bargeld lagert, Abhebungen größerer Beträge angemeldet werden müssen, Schließfächer nur gemeinsam mit dem Inhaber und einem verantwortlichen Geschäftsführer der Filiale geöffnet werden können und das gleichzeitige Öffnen dieser Privattresore auf drei limitiert ist. Ein Überfall ist so was von unsinnig, wenn nicht –" Agent Okeanos stockte.

„Wenn nicht von vornherein alles als Geiselnahme geplant ist", beendete Agent Bitangaro den Satz, um die Unverzichtbarkeit seines Human Rescue Teams herauszustellen. „Ich denke, wir müssen Agent Rodriguez aus dem Meeting rufen."

Bitangaros Einschätzung beunruhigte Okeanos. Nur wegen der Abwesenheit der zwei ranghöchsten Beamten der Crisis Negotiation Unit war sie selbst in die Verantwortung dieses Einsatzes geraten. Für Verhandlungen mit Geiselnehmern war jedoch Agent Rodriguez die erfahrenste Person im FBI.

„Ich gebe ich Ihnen recht, bitte erledigen Sie das umgehend. Und wir müssen Zeit gewinnen, bis er eintrifft."

Ihre Anweisung wurde durch eine Meldung an den Kommandeur unterbrochen.

„Meine Jungs sind alle auf Position, wir sind einsatzbereit!"

„Gut, dann lassen Sie uns einmal sehen, ob wir hier einen Anfänger oder einen Profi am Werk haben. Agent Bennett, bitte verbinden Sie mich mit dieser Telefonnummer der Bank, sobald die Waffensysteme synchronisiert sind."

Agent Bennett beobachtete gerade ungeduldig mehrere Kollegen, die dabei waren, kleine gravitationsüberlistende Objekte in die Luft zu befördern. Nach sechzehn Wiederho-

lungen hatte sich ein Quadrat aus vier mal vier Quadrocop-
tern formiert, das in unmittelbarem Synchronflug in Richtung
Fassade steuerte und dann hinter den Säulen verschwand.

„Die Drohnen sind in Position. In Kürze haben wir auch
die Videobilder von dem Sniper. Ich verbinde Sie jetzt."

***

23. KAPITEL

Privatbank Genf AG
12:05 Uhr

„Privatbank Genf AG, Direktor Berger am Apparat", nahm der Filialleiter den Anruf an, nachdem der spezielle, Gefahrensituationen zugeordnete Klingelton zwei Mal ertönt war. „Ich gehe davon aus, dass ich mit dem FBI spreche."

„Das ist richtig, ich bin Special Agent Okeanos, ich leite diese Operation. Können Sie mir einen Bericht zur Situation geben? Wie viele Personen befinden sich in der Bank? Wie viele Bankräuber? Gibt es Verletzte?", versuchte Okeanos die Situation in kurzen Sätzen genauer einzukreisen.

Berger blickte zu de Santiago hinüber, der ihm vier unmissverständliche Zeichen gab. Zeigerfinger auf den Mund: „Schweige", Zeigefinger über den Hals gezogen: „Sonst stirbst du", Zeigefinger in Richtung des Blattes mit seiner Telefonnummer: „Gib diese Nummer weiter", Daumen und kleinen Finger abgespreizt gegen sein Ohr: „Ich will angerufen werden".

„Ich denke, dass mir der Bankräuber nicht erlaubt, Ihre Fragen zu beantworten. Ich soll Ihnen nur eine Telefonnummer geben, die Sie kontaktieren müssen."

Okeanos nahm einen Stift, schrieb *1 Täter* und tippte auf das Blatt, um die Kollegen auf diese Information aufmerksam zu machen.

„Hier die Nummer: 202 - 9 9 5 6 7 3 3 8 2, haben Sie das?"

Sie wiederholte die Nummer und fragte dann noch einmal: „Ich werde also mit *einer* Person verhandeln?"

„Richtig, Sie sollen bitte sofort Kontakt aufnehmen. Ich muss jetzt auflegen, entschuldigen Sie, wenn ich gezwungen bin, unhöflich zu sein."

Berger blickte zu de Santiago, in der Hoffnung, dieser habe den Hinweis nicht wahrgenommen. Doch der hatte die Bestätigung sehr wohl mitgekriegt.

„Noch so etwas und es funkt", doppeldeutete er im Hinblick auf seine Fernsteuerung, die mit dem in der Armbrust eingelegten Geschoss verbunden war.

***

Keine fünf Sekunden später klingelte de Santiagos zweites Prepaid-Handy.

„Schönen guten Tag", meldete er sich sarkastisch.

„Guten Tag. Hier spricht Special Agent Okeanos. Wie darf ich Sie ansprechen?"

Das Prozedere bei Geiselnahmen war klar definiert und sie hielt sich strikt daran, zu allererst den Namen ihres Gegenübers zu erfragen.

„Okeanos, soso, eine Frau. Na, das ist eine Überraschung. Wie heißt du denn mit Vornamen?"

Er verleugnete also den Ernst der Lage und schien ein privates Gespräch anfangen zu wollen. Okeanos beschloss, das für eine erste Annäherung zu verwenden.

„Mein Vorname ist Messine, und Ihrer?"

„Dr. Ripoll Arbe, aber du darfst mich Dr. Arbe nennen, Kleines. Messine, ein schöner Name, meine räudige Hündin hieß so."

Okeanos konzentrierte sich auf die übermittelten Informationen und ignorierte den provokanten Vergleich zu dem

Haustier sowie ihre Herabwürdigung mittels seiner Verwendung der zweiten Person Singular.

„Gut. Dr. Arbe, ich bin hier, um zu helfen, damit nicht noch mehr Schaden entsteht. Ich werde versuchen, Ihre Situation zu verstehen und eine Lösung für Sie zu finden."

„Kleines, das ist aber nett von dir." De Santiago blieb unverschämt.

Okeanos war verärgert über den Verlauf und den chauvinistischen Unterton des Gespräches, musste aber ihre Vorgaben im Auge behalten, eine Beziehung zu dem Geiselnehmer aufzubauen, ihm Respekt zu zeigen und sein Vertrauen zu fördern. Und das Wichtigste war: Zeit zu gewinnen, um die Spanne zu überbrücken, bis Agent Rodriguez die Verhandlungen übernehmen konnte.

„Das gehört zu meinem Job. Damit ich helfen kann, muss ich aber wissen, was Sie verlangen und ob es den Geiseln gut geht. Wie viele Menschen sind in der Bank?"

„Messine, wie alt bist du, und welche Körbchengröße hat dein BH? Du trägst doch einen, oder schauen dir deine männlichen Kollegen gerade auf die steifen Nippel? Die Situation erregt dich doch, und deine Brustwarzen sind steif wie die Ständer deiner geilen FBI-Jungs, oder?", provozierte de Santiago weiter.

„Konzentrieren wir uns bitte auf die Situation in der Bank." Okeanos blieb cool.

„Schätzchen, du weißt doch, das Protokoll schreibt vor, dass du eine Beziehung zu mir aufbauen sollst! Ich will wissen, wie alt du bist und ob du große Titten hast, sonst klappt das nicht mit uns."

Das gesamte Führungsteam schaute sich irritiert an. Entweder hatten sie es mit einem kaltblütigen Profi zu tun oder mit einem geistig Verwirrten.

„Dr. Arbe, wenn ich helfen soll, dann benötige ich Angaben von Ihnen, nicht andersherum", konterte Okeanos, ohne auf die Fragen nach ihrer Anatomie einzugehen.

„Und welchen Dienstgrad hast du?", nahm ihr de Santiago die Gesprächsleitung wieder aus der Hand.

„Assistant Special Agent in Charge. Hören Sie, ich bin hier, um mit Ihnen zu kooperieren, und ich benötige dazu ein paar sehr wichtige Details von Ihnen –", versuchte sie die Führung wiederzuerlangen.

„Nein, meine Kleine, du hörst jetzt zu!", unterbrach de Santiago in einem neuen, stark fordernden Tonfall. „Ich weiß nicht, wie viel Erfahrung du hast, und *ich* will, dass ‚nicht mehr Schaden entsteht'. *Servare Vitas!*", zitierte er das Motto des HRT. „Also bring mir den Leiter der Crisis Negotiation Unit! Außer, er war bei Ruby Ridgy dabei, das wäre nicht so gut für die Geiseln. Wir wollen ja nicht, dass auch hier wegen der voreiligen Freigabe eines Schießbefehls eine Mutter durch irgendwelche Anfänger getötet wird. Denn ich habe hier eine Frau mit ihrer süßen Tochter, die, wenn das nötig ist, nur durch mich sterben wird." Er zog seine Trumpfkarte. „Und dazu werde ich gezwungen sein, wenn du und die Einsatzleitung nicht meinen Anweisungen folgen. Check die Situation mit den Snipern."

De Santiago blickte auf die Uhr: 12:08.

„In zwölf Minuten will ich einen erfahrenen Mann am Telefon haben!"

Ein Klicken in der Leitung würgte jede Antwort ab.

***

Obwohl die Forderung genau Okeanos Ziel entsprach, besorgte sie der Ausgang des Gespräches.

„Das kann doch nicht wahr sein. Geben Sie mir sofort die Videoeinspielung", befahl sie gereizt Agent Bennett.

Die Videoübertragungen der Sniper füllten jetzt den Überwachungsmonitor.

„Wir haben eins, zwei … zehn Geiseln. Zwei weibliche Geiseln haben Sprengsätze am Hals. Eine Frau und ein Kind. Das ist kein Wahnsinniger, der weiß, was er tut", analysierte Okeanos die Lage. „Wo bleibt Rodriguez? Ist er bereits aus dem Sicherheitsmeeting heraus? Wir dürfen keine Zeit verlieren, das Ultimatum ist ernstzunehmen!"

***

So gewinnt man Zeit, lobte sich de Santiago selbstgefällig.

Er war inzwischen um circa dreizehn Minuten dem Zeitplan hinterher. Um 12:15 Uhr sollten eigentlich alle Transaktionen durchgeführt und in der Banca Dello Santo Spirito in Buenos Aires eingegangen sein. De Santiago war jedoch erst bei der dritten Überweisung über 5.000.000 US-Dollar angekommen und loggte sich gerade auf den British Virgin Islands in ein viertes Bankkonto ein. Die Direktoren hatten ihm bereits die Übertragung von 27.000.000 US-Dollar bestätigt. Jetzt lag es an ihm. Er würde voraussichtlich noch zwanzig Minuten benötigen. Diese Verspätung zwang ihn nun, gewisse Details nachzubessern.

„Ich gehe davon aus, dass der Fahrer nicht im Fahrzeug ist, richtig?", fragte er Direktor Berger.

„Ja, er befindet sich normalerweise in den Personalräumen oder in der Kantine, bis wir ihn anfunken. Alle Zugänge sind aber durch den Alarm gesperrt worden."

„Konzentrier dich auf die Arbeit. Das FBI wird mir den Weg schon freimachen. Die haben für solche Fälle Mittel und

Wege oder ... *Zugangscodes.*" De Santiago lächelte überheblich. „Und versuch gar nicht erst, mich nervös zu machen."

Doch seine äußere Ruhe täuschte. Er hatte ein Zeitfenster von maximal fünfzehn Minuten, um den Fluchtplan sicher einzuhalten. Das war zu schaffen, aber es durfte nun nichts mehr schiefgehen.

Doch inzwischen schlichen sich zwei unbeachtete Statisten langsam in den Vordergrund der Handlung. Es war nur eine Frage der Zeit, wann diese beiden die Szene erheblich stören würden. Der nur einen Meter neben de Santiago angebundene von Karlsberg versuchte immer noch, seine Handfessel zu lockern und durch das Reiben seines Kopfes an der Schulter das nur bis in Höhe seiner Ohren angebrachte Klebeband abzustreifen. Langsam löste sich eine kleine Ecke und fand wiederholt Widerstand an der Textiloberfläche seines Poloshirts. Das Band schien sich Bewegung für Bewegung immer mehr von seiner Haut zu lösen.

Außerdem sollte bald eine weitere Person die gefährliche Szene betreten.

***

12:09 Uhr

Punkt 12:09 Uhr nahm Troy Turner seine Notizen, ließ jedoch den Ordner auf dem Besprechungstisch liegen, da sich sein Schließfach mit einem Surren verabschiedet hatte. Noch tief in Gedanken, verließ er den sicheren Raum in Richtung Empfangsebene.

Nach wenigen Stufen nahm er eine Veränderung der Umgebung wahr, die ihn irritierte. Die sonst so harmonische Komposition von Raum, Licht und Musik war einer toten und grellen Szenerie gewichen. Allein das sehr leise im Hintergrund hörbare Tippen auf Keyboards, den mit Zahlen, Zeichen und Buchstaben bedruckten Extremitäten eines weltumspannenden Organs, unterbrach rhythmisch die beunruhigende Stille. Turner verlangsamte instinktiv seine Schritte und betrat den Gang zum Empfangsfoyer mit einem unguten Gefühl.

***

24. KAPITEL

United States Department of the Treasury
12:09 Uhr

In der Bank waren keine neuen Vorgänge zu beobachten, bis plötzlich eine weitere Person im Aufzugsbereich erschien. Scharfschütze Miller nahm die Gestalt instinktiv ins Visier und zog automatisch den Abzug unmerklich an, um dem Auslösen eines Schusses körperlich ein wenig näher zu sein. Dann meldete er ordnungsgemäß über Funk sein neues Zielobjekt.

„Ich habe eine weitere Person im Schussfeld, sie bewegt sich gebückt auf die Rezeption zu. Ich habe noch kurze Zeit freie Schussbahn, bitte checken Sie sofort meine Videobilder."

In den folgenden Sekundenbruchteilen erhöhte sich Millers Anspannung extrem. Er hatte eine potentielle Zugriffsperson aufgespürt, die sich jedoch gerade wieder aus seinem Blickfeld zu entfernen drohte. Der Scharfschütze zog den Abzug bewusst noch etwas fester an.

„Wir können die Person nicht eindeutig als Täter identifizieren, obwohl alle anderen Geiseln gefesselt sind. Laut Bauplan ist er aus dem Saferaum gekommen. Möglicherweise ist es ein Kunde, der von dem Geiselnehmer nicht gesehen wurde. Bleiben Sie in Schussbereitschaft, die Person ist jedoch nicht für den Zugriff freigegeben", befahl die Einsatzleitung.

„Verstanden. Ich bleibe in Schussbereitschaft."

Troy Turner war ab jetzt im Fadenkreuz des Scharfschützen.

25. KAPITEL

Trotz seines sensibilisierten Unterbewusstseins schlugen Troy Turner die folgenden Bilder ohne Vorwarnung entgegen und ließen ihn instinktiv in die Knie gehen, um Deckung zu suchen. Kurz überlegte er, ob er sich wieder in den sicheren Raum I begeben sollte, doch sein Journalistendrang ignorierte den Selbsterhaltungsimpuls.

An der nur wenige Meter vor ihm befindlichen Rezeption lag der leblose Körper von Frau Stein in einer sich ausbreitenden Blutlache. Direktor Berger wurde von einer am Tisch montierten, äußerst bedrohlich anmutenden Armbrust ins Visier genommen. Er und Vizedirektor Bluhm waren an Stühlen gefesselt und mit der Eingabe von Daten in Tastaturen beschäftigt.

Ich muss mich vorsichtig annähern, um die gesamte Situation zu überblicken.

Sich deutlich bewusst, dass er in diesem Gang wie ein Tier in einer Falle steckte, dass er jederzeit von dem Verursacher dieser Situation entdeckt und gnadenlos überwältigt werden konnte, kroch Turner langsam an der Wand entlang bis zu der kleinen Brücke, die den Gang und die Empfangsplattform miteinander verband.

Kurz vor dem Ziel erschütterte eine Vibration seine Jackentasche. Turner konnte fast spüren, wie seine Nebenniere eine riesige Dosis Adrenalin ausschüttete und seine Konzentration noch weiter anstieg. Sein iPhone war standardmäßig auf drei Vibrationen vor dem Klingelton eingestellt, und in Raum I war durch dessen Lage im Keller und die dicken Sicherheitswände kein Empfang möglich gewesen. Sein Telefon hatte daher die letzten neununddreißig Minuten geduldig auf den Moment gewartet, in dem es seinem Provider wieder Einsatzfähigkeit melden und die Mailbox abfragen konnte, die mehrfache Anrufe von Jack Farrow und dessen Assistentin aufgezeichnet hatte. Schnell griff Turner in die Tasche, um den Stummschalter zu betätigen.

Doch es war zu spät!

Salsa-Cubana-Töne ließ die zwei Männer aufhorchen, die dem Klingelton am nächsten waren. Beide Direktoren unterdrückten jedoch gerade noch eben den Reflex, sich umzusehen, was unwiderruflich die Entdeckung Turners zur Folge gehabt hätte.

Turner ließ sich instinktiv im Bereich der schützenden Rezeption fallen und blieb mit Händen und Armen in Frau Steins Blut liegen. De Santiago hob seinen Kopf und blickte wütend zur Rezeption.

„Entschuldigung, das ist mein Alarm für ein Telefonat, das ich führen wollte." Berger nahm reaktionsschnell sein iPhone aus der Tasche, klickte die Home-Taste, strich über den digitalen Riegel und hielt es vor sich. „Ich werde es vollkommen abschalten", kommentierte er, während er auf den Flugmodus tippte.

Inzwischen war es Turner gelungen, sein eigenes Handy stumm zu schalten, er lag aber, seine Entdeckung vorausahnend, starr vor Angst auf dem Boden.

***

„Mach das, und dann weiter! Ich will meinen Kugelschreiber ungern aus deinem Schädel fingern müssen, bevor ich gehe. An dem guten Stück kleben viele Erinnerungen", drohte die tiefe Stimme aus der Nähe der Eingangstreppe.

De Santiago war wütend über sich selbst. Es war ein Fehler gewesen, den Geiseln nicht die Mobiltelefone abzunehmen. Doch jetzt wollte er seine Deckung nicht mehr aufgeben und musste somit den Angaben des Direktors Glauben schenken. Die Zeit wurde knapp, und der sonst so kalte Ex-CIA-Agent fühlte langsam, aber sicher Nervosität in sich aufsteigen.

Ich darf mich jetzt nur noch auf die Überweisungen konzentrieren, alles andere ist nebensächlich, alle sind überwältigt, coachte er sich und vertiefte sich dann umgehend wieder in seinen Laptop.

***

Ich bin unentdeckt. Bis jetzt. Turner atmete durch. Aber er saß immer noch in einem Durchgangsbereich. Hier war es zu gefährlich. Er musste eine geschützte Position finden, die es ihm erlaubte, trotzdem die Situation zu analysieren. Das Ganze war die Chance seins Lebens – er selbst als einzige freie Person in einem dramatischen Banküberfall mit Geiselnahme.

Turner äugte zu Berger, der seinen Blick vorsichtig erwiderte.

„Wie viele und wo sind sie?", versuchte er mit den Lippen zu artikulieren, ohne dabei einen Laut zu machen.

Berger nahm kurz seine Hand unter die Tischplatte und sein Zeigefinger kommunizierte nach oben gerichtet eine Eins. Danach zeigte er auf die Position des Bankräubers in der rechten Ecke des Foyers.

Turner nickte. Er stützte sich langsam mit den Ellbogen auf und zog bei seiner Bewegung in die Hocke lange, dunkelrote Fäden zwischen den Händen, seinem Sakko und dem bereits auf dem Boden trocknenden Blut der Sekretärin. Ihm fuhr ein Schauer über den Rücken. Trotzdem überwand er seine erschreckenden Gedanken und fasste Frau Stein kurz an die Halsschlagader. Erleichtert spürte er den schwachen Puls. Turner gab ein Okay-Zeichen an Berger und war sich nicht sicher, ob seine Erleichterung daher rührte, dass die Frau lebte, oder lediglich die Vorstellung aus seinem Hirn wich, die letzte Minute in der Körperflüssigkeit einer ausblutenden Leiche verbracht zu haben.

Langsam kroch der Journalist an das Ende der Rezeption in Richtung seines Ziels. Die blaue Dale-Chihuly-Glasskulptur sollte ihm genug Sicht und trotzdem Schutz bieten, um sein Vorhaben perfekt zu machen: die Livereportage dieses Banküberfalls. Die kurze Strecke von der Rezeption bis zur Skulptur lag im toten Winkel des Bankräubers. Trotzdem bewegte er sich äußert langsam, erreichte auf diese Weise ungesehen die Rückseite der Glasfigur und brachte sich in Position. Es war so weit. Der Reporter zitterte vor Aufregung, schaltete seine VPN-Verbindung zu Media Channel 7 ein und aktivierte die Videokamera seines Mobiltelefons. Direkt danach tippte er auf „Teilen" und verband sich somit mit seinen Accounts bei Twitter, Facebook und dem eigenen Internetblog.

Dann tippte er die ersten Worte seiner Exklusivreportage:

Ich, Troy Turner, berichte live für Media Channel 7 aus der Privatbank Genf AG in der 15. Straße, wo sich ein dramatischer Banküberfall mit Geiselnahme abspielt, der eventuell schon ein Todesopfer gefordert hat. ich bin unentdeckt durch den von mir keine zehn Meter entfernten Bankräuber, der bereits mehrere Geiseln, darunter eine Mutter mit Kind, brutal in seine Gewalt gebracht hat.

Danach ließ er wie ein professioneller Kameramann sein Handyobjektiv von den Direktoren über die immer noch bewegungslose Frau Stein sowie Anis von Karlsberg und ihr Kind Lisa zu den männlichen Geiseln und zuletzt zum Bankräuber schwenken und fing damit alle Beteiligten dieser brutalen Szene ein.

***

26. KAPITEL

„Sie sind etwas zu früh", antwortete de Santiago zum ersten Mal in der Höflichkeitsform dem eingehenden Telefonat.

„Ich hoffe, dass macht Ihnen nichts aus, Dr. Arbe. Mein Name ist Agent Rodriguez, ich bin der Chef der Crisis Negotiation Unit. Ich rufe Sie der Dringlichkeit dieser Situation wegen aus einem Fahrzeug an und bin auf dem Weg zu Ihnen. Leider konnte ich nicht sofort dem Einsatz beiwohnen, ich war in einer Sitzung, die grundsätzlich nicht gestört werden durfte. Aufgrund Ihrer Vorgaben wurde das trotzdem getan, was in meinem Sinne ist. Ich nehme die Situation sehr ernst."

Im Hintergrund waren Sirenen und Fahrgeräusche zu hören. Dan Rodriguez war bekannt für seine Ruhe in Extremsituationen. In fast dreißig Jahren Berufserfahrung hatte der Unterhändler keinerlei Misserfolge bei Verhandlungen zu verbuchen. Fünfundachtzig Prozent der Geiselnehmer gaben durch eine sorgsam geplante Zermürbungstaktik freiwillig auf, es hatte nie Verluste von Geiseln oder Einsatzpersonal gegeben, und acht Kriminelle waren durch den finalen Rettungsschuss ausgeschaltet worden, ohne weiteren Schaden angerichtet zu haben. Diese Statistik ließ ihn mit einer Selbstsicherheit in Verhandlungen gehen, die der eines Schwergewichtschampions glich, der seinen Titel gegen ein Federgewicht verteidigen darf.

„Damit ich auf dem Weg zu Ihnen bereits auf Ihre Situation eingehen kann, würde ich Sie bitten, mir Ihre Forderungen mitzuteilen", begann er seinen Fragenkatalog abzuarbeiten.

„Agent Rodriguez, ein spanischer Name. Dann haben wir vielleicht ähnliche kulturelle Wurzeln? Das macht es sicher einfacher, mir einen kleinen Wunsch zu erfüllen. Hören Sie gut zu. Ich denke, Sie haben bereits eine Situationsanalyse erhalten, die meine Angaben bestätigen kann. Erstens: Ich habe zehn Geiseln in meiner Gewalt und alle sind am Leben. Wie Sie sicher sehen können, steht einer männlichen Geisel eine geladene Armbrust gegenüber und zwei weibliche Geiseln haben Sprengsätze an den Hälsen. Alle drei Objekte werden durch einen Fernauslöser getötet, falls Sie versuchen sollten, mich auszuschalten. Das geht schneller, als eine Ihrer Einsatzkräfte denken kann. Ich wiederhole, keine der Geiseln ist in Gefahr, solange Sie tun, was ich sage. Also halten Sie Ihre Cowboys zurück."

„Ich verstehe", bestätigte Rodriguez wie eine Aufforderung an seinen Gesprächspartner weiterzureden, während ihm die Videobilder der Zentrale diese Angaben bis auf einen Punkt bestätigten. Es gab außer den zehn Geiseln noch eine elfte Person im Raum, die sich hinter einer Glasskulptur versteckt hielt. Dieser Umstand war Dr. Arbe offensichtlich nicht bekannt, oder aber er tat absichtlich so, als wisse er dies nicht.

„Zweitens: In circa fünfzehn Minuten werden drei der Geiseln mit mir in einem gepanzerten Fahrzeug die Bank verlassen. Keiner Ihrer Männer wird sich zu diesem Zeitpunkt innerhalb oder in der Nähe der Garagen aufhalten. Drittens, und das ist meine Forderung: Ich verlange eine Eskorte von sechs Motorrädern, die mir den Weg zu einem Ziel meiner Wahl freimacht. Es geht die 15. Straße entlang in Richtung Norden. Fangen Sie schon mal an, die Straße zu räumen. Ist das soweit klar, Agent Rodriguez?"

„Das sind akzeptable Dinge, die Sie verlangen. Ich bin nur äußerst besorgt wegen der Geiseln, besonders um die Frau und das Kind –", versuchte Rodriguez auf die Situation einzugehen.

„Herr Rodriguez, wir sind nicht am Verhandeln, ich gebe Ihnen lediglich Informationen, damit keiner zu Schaden kommt. Nicht, damit Sie daraus eine Verhandlungsbasis schaffen können", unterbrach de Santiago professionell den Ansatz. „Jetzt komme ich zum letzten, wichtigsten Punkt, und ich hoffe, die anderen Teamleiter in der Konferenz hören sehr gut zu, damit keine Fehler gemacht werden."

In diesem Moment sahen sich alle Teamleiter vor der Bank betroffen an. Der Mann war definitiv ein Profi, eventuell sogar ein Verräter aus den eigenen Reihen.

„Die Regeln und die Strafen", fuhr der Geiselnehmer fort. „Regel Nummer 1: Während des gesamten Ablaufs will ich weder Scharfschützen noch gepanzerte Einsatzfahrzeuge sehen. Und glauben Sie mir, ich erkenne die Jungs selbst in Zivil. Ich weiß, wie ich mich vor einem finalen Rettungsschuss schützen kann. Bei jedem Scharfschützen oder HRT-Fahrzeug, das ich sehe, schneide ich einer Geisel einen Finger ab. Wenn die Gliedmaßen ausgehen, lass ich mir etwas Neues einfallen, und das wird noch blutiger. Regel Nummer 2: Ich will keinen UH-60 Black Hawk oder MD 530F Chopper im Fünf-Meilen-Luftraum um die Bank herum sehen. Sobald einer dieser Vögel auftaucht, stirbt eine Geisel. Wenn Sie also das Fahrzeug ohne aufwändige Innenreinigung an die Bank zurückgeben wollen, bestätigen Sie diese Bedingungen."

„Ich habe das Gefühl, Sie kennen sich in der Branche gut aus. Das beruhigt mich zumindest in dem Punkt, dass es das Risiko einer Kurzschlusshandlung reduziert. Wie gesagt, ich halte Ihre Bedingungen für akzeptabel. Ich brauche aber die Sicherheit, dass alle Geiseln am Leben sind, wenn Sie die Bank verlassen. Deswegen kann ich meine Leute nicht sofort abziehen. Dr. Arbe, das verstehen Sie?" Rodriguez trat langsam wieder proaktiv in die Verhandlung ein.

„Das habe ich auch nicht verlangt. Sicher können Sie mich bis zum Verlassen der Bank weiter beobachten. Geben Sie mir Ihr Wort, dass Sie keinen Zugriff auf mich anordnen und die Bedingungen akzeptieren, dann gebe ich Ihnen mein Wort, dass alle lebend hier herauskommen."

„Wann lassen Sie die Geiseln frei?", wich Rodriguez aus.

„Wenn ich in absoluter Sicherheit bin. Das wird circa dreißig Minuten nach Verlassen der Bank sein", log de Santiago.

„Sie wollen, dass ich die Geiseln eine halbe Stunde lang aus den Augen lasse? Das ist sehr schwer zu akzeptieren. Geben Sie mir ein Zeichen Ihrer Kooperation und lassen Sie das Kind frei: So eine Handlung würde Vertrauen schaffen."

„Ich lasse je eine Geisel frei, wenn ich bestimmte Zwischenetappen erreiche, das heißt also, die erste Geisel bei Ankunft am ersten Ziel. Außerdem sind die Motorradpolizisten vor Ort. Das muss Ihnen genügen. Agent Rodriguez, ich habe Sie als Ansprechpartner verlangt, weil ich eine direkte Entscheidung brauche und nicht mit Anfängern sprechen will, die bei jedem Quatsch nachfragen müssen. Habe ich mich etwa in der Kompetenz Ihrer Person geirrt?", provozierte er.

„Nein, ich kann über die Dinge, die Sie verlangen, eigenständig entscheiden. Ich gehe aber davon aus, dass Sie Lösegeld wollen. Die Höhe der Summe ist entscheidend darüber, ob auch dies in meinem Kompetenzrahmen liegt", verteidigte Rodriguez seine Position und versuchte gleichzeitig, Zeit zu gewinnen, um zu den Teamleitern zu gelangen. Sein Fahrzeug würde in wenigen Sekunden die Bank erreicht haben. „Ich bin jetzt übrigens gleich vor Ort."

„Lösegeld? Nein, Ihr Staat ist schon verschuldet genug. Ich will ja nicht, dass der amerikanische Finanzminister in Peking um mein Lösegeld betteln muss oder Ihr Gehalt gekürzt wird. Ich will nur einen gebührenden Abgang, mit einer Eskorte wie für einen Staatsmann. Deal?", drängte er auf eine Einigung. Die Zeit lief ihm davon, aber er durfte gegenüber dem FBI keine Unruhe oder Schwäche zeigen.

„Deal. Ich leite die Dinge ein und melde mich gleich noch einmal bei Ihnen."

Dan Rodriguez war zum ersten Mal in seiner Laufbahn verwirrt. Der Bankräuber verlangte kein Lösegeld, sondern nur freies Geleit. Aber auch er durfte den Geiselnehmer seine Verwunderung auf keinen Fall spüren lassen. So waren beide froh über die kleine Auszeit.

***

12:15 Uhr

De Santiago bemerkte sehr wohl, dass er immer nervöser wurde. Zum einem war er es gewohnt, alles genau unter Kontrolle zu haben, und es missfiel ihm sehr, dass es in den letzten zweiundvierzig Minuten etliche ungeplante Vorkommnisse gegeben hatte, die den Ablauf erheblich verlangsamt hatten. Zum anderen war es diesmal die eigene Sache, um die er kämpfte, und nicht eine fremde Ideologie. Es ging hier um seine Zukunft, um sein neues Leben, dem nichts mehr im Wege stehen durfte. Und dafür musste er unbedingt bis 12:30 Uhr hier heraus sein. Das größte Problem waren die Überweisungen, sie nahmen viel mehr Zeit in Anspruch, als er es so oft mit kleineren Beträgen geprüft hatte. Der tausendfach minutiös durchgespielte Plan lief Gefahr, außer Kontrolle zu geraten.

De Santiagos Konzentration wechselte deswegen immer wieder von den Überweisungen zu den Eckdaten seiner bevorstehenden Flucht, die sich in seinem Bewusstsein von Lösungen zu Warnungen wandelten:

Dreizehn Minuten Fahrt bis zum Heliport, wo ein gecharterter High Speed Helikopter auf ihn wartete. Für das Umsteigen in das 450 Stundenkilometer schnelle Fluggerät, das die Black Hawks und Little Birds des FBI um gute 150 Stundenkilometer in der Geschwindigkeitsleistung übertraf, waren zwei weitere Minuten geplant.

Der Umstand, dass dieser Heliport auch von der Metropolitan Police genutzt wurde und sich genau neben der Polizeistation befand, war nicht etwa ein Fehler, sondern Teil seines Planes. Er wollte diese Stadt richtig vorführen.

- 12:45 Uhr Startslot Helikopter

Vierzigminütiger Flug zum 170 Meilen entfernten Privatflughafen Lynchburg Virginia, wo in einer Cessna Citation X ein Fallschirm zum punktgenauen Absprung nach circa einhundertsechzig Minuten über Kuba bereitstand.

- 13:25 Uhr Ankunft in Lynchburg
- 13:30 Uhr Startslot Cessna
- 16:10 Uhr Absprung

Dann die circa einstündige Fahrt mit dem bereitgestellten Fahrzeug nach Havanna Airport zum bereits eingecheckten Avianca Flug AV 288.

- 19:05 Uhr Abflug von Havanna

Mit Zwischenstopp in Bogota und Weiterflug um 22:36 Uhr nach São Paulo, Ankunft um 06:31 Uhr, wo seine zukünftige Lebensgefährtin nach ihrer zehn Stunden dauernden Autofahrt nach Montevideo und einem 2:29-Stunden-Flug bereits in einer Suite im Hotel Emiliano mit Staatsanleihen in Höhe von 47.500.000 US-Dollar auf ihn warten sollte.

Alles hing davon ab, dass er die vorgeplanten Abflugs-Slots für den Helikopter und die Cessna einhalten konnte. Sobald er im Helikopter saß, konnte nichts mehr schiefgehen. Es gab keine Bilder von ihm, die ausreichten, um ein biometrisches Fahndungsprofil zu erstellen. Bei seinem gestrigen Besuch in der Bank und auch heute bis zum Ausschalten der Kameras hatte er immer die große, schützende Sonnenbrille getragen, und jetzt war er hinter den Sofas versteckt. In Kürze würde er eine Maske aufsetzen und diese erst wieder direkt vor dem Absprung in Kuba abnehmen. Es würde keine zu verfolgende Spur von ihm geben. Es war der perfekte Plan.

***

12:16 Uhr

„Bitte, hören Sie mich an", ließ sich plötzlich Michael von Karlsberg in der spürbaren Anspannung vernehmen. Es war ihm schließlich gelungen, das Klebeband Millimeter für Millimeter in kleinsten Bewegungen zu lockern und dann endgültig von seinem Mund zu entfernen.

De Santiago blickte wütend zu ihm hinüber.

„Wie zum Teufel –?"

Mutig unterbrach ihn seine Geisel.

„Hören Sie zu, wenn Sie wollen, dass das hier schneller geht!", übernahm von Karlsberg das Gespräch. „Offensichtlich sind Sie unter Zeitdruck. Ich kann Ihnen helfen."

De Santiago war unter Druck, unter starkem Druck!

„Versuch ja keine Tricks. Spuck aus!"

„Ihre Überweisungen dauern offensichtlich zu lange. Ich habe 43 Millionen US-Dollar in dieser Bank. Als Kunde kann ich die gesamte Summe überweisen, wenn ich dem Direktor eine 9-stellige TAN zur Verfügung stelle. Wir hatten heute vor, eine umfangreiche Transaktion durchzuführen, deswegen habe ich diesen Code bereits generiert. Ich habe die Nummernfolge im Gedächtnis."

De Santiago horchte auf. Das konnte ihm die verlorene Zeit und noch dreiundzwanzig Millionen extra einspielen – ein verlockendes Angebot.

„Ich bin dazu bereit, wenn Sie ...", Michael blickte zu seiner Frau und Lisa hinüber, „... meine Frau und mein Kind freilassen und stattdessen mich als Geisel nehmen."

Alle Beteiligten sahen sich verängstigt an. Von Karlsberg stellte Forderungen, das war riskant. Äußerst riskant! Jede Abweichung von den Vorgaben war bis jetzt brutal bestraft worden. Trotzdem ergab es Sinn und war möglicherweise eine Lösung, die sie alle erleichtern würde. Die Vorstellung, Mutter und Tochter mit dem Bankräuber gehen lassen zu müssen, war ein allzu schrecklicher Gedanke, besonders, weil jeder von ihnen die Verantwortung für diesen Umstand insgeheim Frau Stein zuschrieb.

De Santiago hatte keine Wahl. In seiner Gereiztheit lag es ihm zwar näher, die TAN aus dem Mann herauszuprügeln, das hätte dann aber zu einer unnötigen Eskalation geführt. Sein Opfer hatte in diesem Moment die besseren Karten.

„Wer sagt mir, dass du die Wahrheit sagst?"

„Sehe ich aus, als ob ich dies hier für eine gute Situation zum Witzemachen hielte? Nehmen Sie zuerst den Sprengstoff von meiner Familie ab." Sein Ton wurde fordernder, er konnte spüren, dass er die Oberhand gewann. „Wenn ich löge, würden Sie mich doch sowieso töten und meine Familie wieder als Geiseln nehmen. Ihnen geht es doch nur um das Geld und die Zeit. Das sollen Sie haben."

In diesem Moment geschah noch etwas völlig Unerwartetes.

„Ich stelle mich auch als Geisel zur Verfügung", bot sich der bis diesem Zeitpunkt apathisch wirkende Vizedirektor

Bluhm an. Keiner der Anwesenden wusste, dass der Siebenundfünfzigjährige erst vor wenigen Tagen eine Darmkrebs-Diagnose des Stadiums IV erhalten hatte, die ihm wenig Hoffnung ließ.

„Dr. Ripoll Arbe, lassen Sie die Familie zusammen laufen. Wir Direktoren können mehr für Sie tun. Ich bin heute verantwortlich für die Bankterminals, und wenn Sie mich mitnehmen, werden die gesamten Einheiten durch ein automatisches Sicherheitssystem nach wenigen Minuten geblockt werden. Es wird dann sehr viel länger dauern, bis die von Ihnen eingegebenen Bankdaten von Dritten aus dem System ausgelesen werden können. Das hilft Ihnen sicherlich, noch mehr Vorsprung zu gewinnen. Wir sind bestens versichert, all dies tut keinem weh. Bitte belassen Sie es beim Geld und verschonen Sie Unschuldige."

Das von ihm angesprochene Sicherheitssystem war ein mobiler biometrischer Miniaturscanner, der fast unsichtbar am kleinen Finger des Vizedirektors befestigt war. Das nur fünf mal fünf Millimeter messende Gerät übermittelte im Dreißigsekundentakt Puls, Körpertemperatur und den Fingerabdruck des Direktors kabellos an den Sicherheitscomputer. Dieser Scanner musste sich immer im Bankhaus befinden, ansonsten wurden die Terminals automatisch abgeschaltet. Die Messung von Körpertemperatur und Puls machte es gleichzeitig unmöglich, nur den abgetrennten Finger in den Filialräumen zu belassen, um auf diese Weise das System zu überlisten.

„So viel Großmut in einem Raum", spottete de Santiago, der wieder siegessicher wurde. Außerdem spürte er so etwas wie Akzeptanz. Ihm wurden Lösungen angeboten, um sein Vorhaben erfolgreich umzusetzen. Und eine spätere Freigabe der Bankdaten war nur von Vorteil. „Gut, ich nehme dich und die Tunte mitsamt dem mobilen Terminal. Bei welcher Bank bist du im Moment?"

Die Spannung im Raum reduzierte sich schlagartig. Keiner hatte mit einer so einfachen Lösung gerechnet.

„Im Moment bei der Bank of Belize." Vizedirektor Bluhm hatte unsagbare Angst vor einem langsamen Sterben und während der letzten einhundertundvier Stunden den Gedanken an Suizid als letzte Freiheit des Menschen in seiner Welt akzeptiert. Sollte der Geiselnehmer ihn töten, hätte sein Tod vielleicht sogar noch einen Sinn.

„Du bereitest sofort die nächste Überweisung mit dem gesamten Guthaben von unserem Gönner an die Bank of Belize vor", wies er Herrn Morgenstern an, der sichtlich unter dem Hinweis litt, dass er eine der Geiseln sein würde, die mit dem Bankräuber auf die Flucht gehen mussten. Doch der vorangegangene, brutale Eklat um Frau Stein machte es ihm unmöglich zu protestieren.

De Santiago sprach jetzt wieder den Vizedirektor an und behandelte die Respektsperson nun wie einen Komplizen: „Du fährst mit deinem Bürostuhl zu den Geiseln und ich gebe dir die Codes, um die Sprengsätze abzunehmen. Danach kommst du zu mir!"

Anschließend drohte er von Karlsberg: „Wenn du mich verarscht, schlachte ich deine Familie vor deinen Augen in einer Art und Weise ab, die dich nie wieder ruhig schlafen lassen wird. Ich kann nur Zeit verlieren, du deine gesamte Familie. Verstanden?"

„Das war mir klar, als ich Ihnen das Angebot gemacht habe."

Von Karlsberg blickte ihm direkt und ohne mit der Wimper zu zucken in die Augen, während sich Vizedirektor Bluhm in kleinen, schubweisen Bewegungen zur Rettung der Familie aufmachte.

Ähnlich wie bei dem Handschlag nach härtesten Verhandlungen, hatten bis auf Herrn Morgenstern nun alle gewonnen und ihre Forderungen durchgebracht. So bringen Extremsituationen Menschen dazu, Unterschiede zu vergessen und in eine gemeinsame Richtung zu denken, selbst wenn dies den Feind kurzfristig zum Verbündeten macht.

***

27. KAPITEL

15. Straße, vor der Privatbank Genf AG
12:16 Uhr

Beim Verlassen des Fahrzeugs rief jemand aufgeregt seinen Namen.

„Hallo, Herr Rodriguez! Bitte, es ist sehr wichtig. Ich habe hier etwas, das Ihnen nützen wird."

Ein gut gekleideter Herr fuchtelte mit seinem Telefon herum. Es war Jack Farrow, der Inhaber des roten Helikopters, der seit wenigen Sekunden über der Einsatzstelle kreiste. Der Medienmogul mit Einfluss auf den höchsten Ebenen der Politik und Wirtschaft war Rodriguez bereits mehrmals in unterschiedlichsten Kreisen begegnet und sein Sender hatte ihn erst letzten Februar bezüglich einer Reportage über Geiselnahmen interviewt. Rodriguez wusste, dass Farrow ernstzunehmen war, und gab den Sicherheitskräften einen Wink, den Mann durch die Absperrung zu lassen.

„Gott sei Dank. Bitte, Sie müssen sich das ansehen."

Er übergab sein Handy an den Agenten. Auf dem Display war eine Liveübertragung aus dem Innenraum der Bank und genau die Person zu sehen, die ihm kurze Zeit vorher noch Anweisungen gegeben hatte. Unter den Bildern lief ein Twitterthread mit Kommentaren zu der Situation.

„Wie ist das möglich?", fragte er.

„Mein Mitarbeiter Troy Turner ist in der Bank. Er filmt dies versteckt und lädt es direkt auf unsere Internetseite sowie auf Twitter, Facebook und YouTube. Mein Sender spielt außerdem Bilder, die wir von unserem Helikopter erhalten, in eine Livereportage ein." Jack deutete kurz nach oben und bezog sich dann sofort wieder auf das Handy. „Sehen Sie, es gibt bereits achtundzwanzig Millionen Personen, die das verfolgen", informierte er enthusiastisch über den journalistischen Erfolg der Übertragung.

„Kommen Sie mit, schnell!" Beide Herren liefen zu den Teamleitern. „Agent Okeanos, lassen Sie sich Media Channel 7 und Twitter auf den Monitor schalten", forderte er die Agentin auf und hielt ihr das Telefon vor die Nase. „Wir kennen die genaue Position der Zielperson, was sie tut und was sie sagt. Es befindet sich ein Reporter in der Bank."

„Das ist also unser Mann." Aus dem anonymen Täter war schlagartig ein realer Mensch geworden. „Agent Bennett, geben Sie mir folgende Dinge auf den Bildschirm und spielen Sie die Bilder den Scharfschützen auf die Monitore, sofort!" Dann wiederholte sie die Namen der Sozialen Netzwerke und des Media Channel 7.

Unmittelbar darauf erschienen die Aufnahmen auf einem Dreißig-Inch-Bildschirm der Einsatzleitung und auf den Minidisplays am Handgelenk ausgewählter Special Agents.

„Was sollen wir tun? Er droht mit der Fernzündung der Sprengsätze, wenn wir zugreifen. Halten Sie ihn für glaubwürdig?", fragte Okeanos.

„Ich will nichts riskieren. Geben Sie den Scharfschützen Bescheid. Aber ordnen Sie keinen Zugriff an, solange nicht unmittelbare Gefahr für eine Geisel besteht."

Der Chef der Spezialeinheit ergriff sein Funkgerät. „Alle Einheiten die Bildeinspielungen prüfen. Die Zielperson befindet sich hinter der aufgestellten Sitzgruppe in Einheit 1. Wir haben keine Erlaubnis zum Zugriff ohne direkte Lebensbedrohung einer Geisel. Bestätigen Sie das!"

Fünfzehn Rückmeldungen kratzten über den Äther.

Lediglich Agent Miller, dessen Konzentration jetzt wie vor dem Beginn eines Kampfes auf Leben und Tod maximiert war, ließ auf seine Bestätigung warten.

***

28. KAPITEL

United States Department of the Treasury
12:19 Uhr

Das bis dahin permanent abgesuchte Bild zog sich in Millers Kopf zu einem scharfen Punkt zusammen und seine Adleraugen fokussierten automatisch diese neue, exakte Koordinate. Das Versteck seines Ziels war entdeckt.

„Position C. Bestätige. Kein Zugriff ohne direkte Lebensbedrohung einer Geisel."

Lauf mir vor die Flinte und dein Spiel ist aus, bevor du es merkst, sprach er das Abbild seines Gegners auf dem Minidisplay an und bestätigte dennoch die Vorgaben seines Vorgesetzten: „Position C. Bestätige. Kein Zugriff ohne direkte Lebensbedrohung einer Geisel."

***

29. KAPITEL

Privatbank Genf AG
12:20 Uhr

De Santiago war fast euphorisch. Durch die von den Geiseln vorgeschlagene Lösung war die Anspannung aus seinem Körper gewichen und genau wie nach der Überwältigung der Geiseln erweiterte sich sein Tunnelblick wiederum zum antrainierten peripheren Sehen. In der nächsten Sekunde erhöhte sich jedoch seine Herzfrequenz erneut. Er blickte geschockt auf den 42-Inch-Flat-Screen-Fernseher neben der Rezeption, der normalerweise durchgängig Businessnews zeigte. Jetzt war dort die Sondersendung über einen Banküberfall zu sehen – seinen Banküberfall. Und sein eigenes Gesicht blickte ihm erschrocken aus dem Bildschirm entgegen. Er wurde gefilmt, innerhalb dieses Raumes. Seine Deckung war aufgeflogen, sein Gesicht wegen der abgenommenen Brille trotz falschem Bart und Augenbrauen für die High-Tech-Gesichtserkennungssoftware des FBI früher oder später zu entschlüsseln. Unkontrollierbare Wut strömte durch seinen Körper, die jeden rationalen Impuls lähmte und den Instinkten die Macht übergab. Im nächsten Moment trafen sich seine suchenden Augen mit denen des Übeltäters. Ein Mann hatte sich hinter einem blauen Glasgebilde versteckt und richtete ein Videohandy auf ihn. De Santiago sprang instinktiv wie ein Raubtier in Richtung seines Opfers. In seiner Hand die Fernbedienung seiner Waffen, stürmte er in drohender Haltung auf die einzige freie Geisel zu.

„Schalt das Ding aus", schrie er. Sein Körper war bereits auf drei Meter pro Sekunde beschleunigt, als ihm schlagartig klar wurde, was für einen kapitalen Fehler er begangen hatte. Er hat seine Deckung verlassen. Obwohl er erst circa einen Meter weit in die Sicht eines Scharfschützen geraten war, reichte diese Dreizehntelsekunde aus, um eine klare, 24-fache Vergrößerung seines verletzlichen Kopf-Nacken-Bereiches auf Agent Millers optisches Visier zu projizieren.

**

12:20 Uhr

In solchen Situationen gelten die unkomplizierten Gesetze biblischer Natur: Mann gegen Mann, Auge um Auge, Zahn um Zahn. Ein Mensch wurde getötet, um einen anderen am Leben zu erhalten.

Auf der moralischen Ebene ging es allerdings um viel mehr: Es ging darum, das Gute vor dem Bösen zu schützen. Und dieses Gute war in den Augen von Agent Miller hier in Gefahr. So zog der Scharfschütze ohne jeden Skrupel innerhalb eines Sekundenbruchteils den Abzug seines Präzisionsgewehrs und befahl damit automatisch per Funksteuerung auch den Drohnen, der tödlichen Kugel eine freie Schussbahn zu sprengen.

Da das zehn Gramm schwere Kupfergeschoss gleich einem lautlosen Killer mit 2.470 Stundenkilometern doppelt so schnell wie der warnende Knall auf sein Ziel zuraste, konnte es wissenschaftlich gesehen also nicht die erzeugte Schallwelle sein, die de Santiago plötzlich direkt in den Mündungslauf von *Kate* blicken ließ.

**

Meist sind es Sekunden oder nur Bruchteile davon, die ein Leben verändern, und oft benötigen gerade die schicksalhaften Dinge die kürzeste Zeit, um alles Geplante gewaltsam in eine andere Bahn zu drängen. Es scheint jedoch, als ob diese Schicksalsmomente eine so große Masse besäßen, dass sie selbst die Zeit dadurch kurzfristig verlangsamen, ja festhalten können. Obwohl das Geschehen also mit Lichtgeschwindigkeit versucht, zum Imperfekt zu mutieren, scheint es wie mit einem elastischen Band an den Moment seiner Geburt gefesselt zu sein, bis sich diese Verbindung allzu sehr dehnt, schließlich reißt und das Ereignis letztlich doch in die Vergangenheit entfliehen kann.

Man sagt auch, im Moment des Todes laufe das bis dahin Erlebte wie ein Film vor den eigenen Augen ab. Trotz der Erkenntnis seines sich annähernden Todes und der zeitlichen Dehnung dieses schicksalhaften Moments blieb de Santiago dieser Rückblick allerdings verwehrt.

Es dauerte nur 0,049 Sekunden, bis das Projektil die achtunddreißig Meter bis zur zerborstenen Glasscheibe zurückgelegt hatte, um nach einer weiteren Hundertstelsekunde in einem Dreiundzwanzig-Grad-Winkel durch die Pupille des rechten Auges in de Santiagos Kopf einzuschlagen. Noch bevor der Gewehrschall 0,07 Sekunden später das Foyer erreichte, war das MEB-Geschoss in seinen Hirnstamm eingedrungen, um dort alle lebenswichtigen Impulse gnadenlos abzuschalten.

De Santiagos` Körper kollabierte schlagartig und fiel reflexlos auf den harten Steinboden. Schutzlos und brutal schlug sein Kopf auf und erlitt eine klaffende Platzwunde über der linken Augenbraue. Langsam floss De Santiagos Blut in Richtung Turners und Morgensterns. Aus der Augenhöhle trat ein Gemisch von verdampfendem Blut und Rauch aus und verbreitete den Geruch von zu lange gegrilltem Fleisch.

Bevor irgendjemand in der Bank die Situation erkennen konnte, die noch so kurze Zeit vorher eine friedliche Lösung versprochen hatte, erschienen im Formationsflug kleine Objekte, die sich in grellen, ohrenbetäubenden Explosionen auflösten.

Erst einige Atemzüge später konnten schwere Schritte und kurze, klare Bestätigungen in das Bewusstsein der geblendeten Geiseln vordringen: „Lobby gesichert", „Treppe gesichert" ... Zwölf schwerbewaffnete Männer, mit Helmen und Schutzschilden gepanzert, drangen in den Raum ein und suchten systematisch alle Bereiche nach weiteren Gefahren ab.

„Empfangsraum gesichert", wurde schließlich endgültig entwarnt.

* * *

Alles verlangsamte sich, als plötzlich von Karlsberg seinen Körper, der mit aller Gewalt gegen die Gefangenschaft kämpfte, aufbäumte und mit schriller Stimme die Agenten um Hilfe rief: „Der Auslöser, er ist aktiviert!" Er starrte geschockt auf die Fernbedienung neben der Hand der Leiche. „Da läuft ein Countdown."

7 - 6 - 5 - 4

Ein SWAT-Agent erkannte den Ernst der Situation und sprang blitzartig in Richtung des Geräts. Auch Direktor Berger versuchte in einem lächerlichen Unterfangen, mit seinem Stuhl der Fernbedienung näherzukommen und kippte mit einem lauten Aufprall um.

Alles war erfolglos.

Ein langes Piepsen der Fernbedienung schien wie die Aufforderung des Richters an den Henker, seine Arbeit zu vollenden. Alle Beobachter, ob in der Bank oder geschützt vor den Bildschirmen, ergriff eine grauenhafte Vorstellung der unmittelbar bevorstehenden Ereignisse.

Es passierte – gar nichts.

Der Bankräuber hatte geblufft. Ein Aufatmen ging durch den Raum.

Von Karlsberg hatte nie zuvor so tiefe Liebe empfunden wie in diesem Moment und blickte mit unendlicher Demut und Dankbarkeit in die Augen von Anis und Lisa.

Doch der Bankräuber wollte es anders: Plötzlich erschien eine rote 60 auf der Digitalanzeige der Sprengsätze, die sich sofort in eine 59 verwandelte.

„Achtung, Zeitzünder, die Sprengsätze sind aktiviert. Alle Geiseln schützen", befahl streng eine der Einsatzkräfte und in einer wohlkoordinierten Aktion traten sofort zehn körpergepanzerte Männer vor die Geiseln. Mit lautem Krachen schlugen ihre schweren Schutzschilde vor den immer noch gefesselten Geiseln auf dem Marmor auf.

Turner war allerdings noch immer in Lebensgefahr. „Kommen Sie hinter der Skulptur hervor! Sofort! Die Druckwelle wird das Glas explodieren lassen", wurde er laut angewiesen. Der Journalist erschrak, sprang jedoch geistesgegenwärtig hinter die Rezeption und wurde sofort von einem elften SWAT-Agenten gesichert.

Doch der schwierigste Teil der Geiselbefreiung stand noch aus. Anis und der kleinen Lisa drohte, in weniger als einer Minute durch die Sprengsätze zerfetzt zu werden. Ein Spezialist der Sprengstoffeinheit kniete vor der Frau und dem Kind nieder, die verzweifelt versuchten, wieder Blickkontakt mit ihrem Mann und Vater herzustellen. Durch die Schutzschilde wurden diese womöglich letzten gemeinsamen Sekunden der Familie brutal unterbrochen. Michael von Karlsberg flehte den

Beamten vor ihm an, die undurchsichtige Barriere wegzunehmen. „Ich will meine Familie sehen, bitte!"

Es war nicht einmal Zeit, die Klebestreifen von den Mündern zu nehmen. Der Sprengstoffexperte brauchte jede Sekunde. „Ich schaffe das, bleiben Sie ruhig."

Anis von Karlsberg nickte hoffnungsvoll diesem Versprechen entgegen.

Obwohl der Spezialist es gewohnt war, mit Bomben zu arbeiten, war die Bedrohung von Leben normalerweise relativ abstrakt und indirekt, da die tödlichen Geräte fast nie an menschlichen Körpern angebracht waren. Nicht so in diesem Fall. Der flehende Blick der bildschönen Wesen vor ihm brachte den Spezialisten emotional an seine Grenzen. Umso schlimmer war seine tragische Erkenntnis, dass er sich von den menschlichen Bomben erfolglos entfernen musste. In diesem Moment verließ er keinen Apparat, sondern zwei Lebewesen, die ihn verzweifelt anblickten. Er musste Anis und Lisa aufgeben.

„Es tut mir leid, es tut mir so leid", wiederholte er unwissend die gleichen Worte, die Anis von Karlsberg fünfundzwanzig Minuten vorher zu ihrer Tochter gesprochen hatte, und drehte sich in seiner gepanzerten Kleidung, überwältigt von Scham und Schuldgefühlen, bei der Zahl 10 von den beiden Opfern ab.

***

Michael von Karlsberg konnte für einen kurzen Moment in die weinenden Augen seiner Tochter blicken. „Ich liebe dich, ich liebe dich", waren die letzten Worte, bevor genau um 12:25:32 Uhr ein schrecklicher Laut alles Menschliche für kurze Zeit aus dem Raum verbannte.

Gleichzeitig mit einem grellen Blitzen erfolgte die Detonation und nebelte den Bereich um die Explosion ein. Die Druckwelle und der plötzliche Temperaturanstieg stürzten sich verbunden mit beißendem Geruch in die Sinne der Anwesenden. Zwei dumpfe Schläge ließen den furchtbaren Ausgang erahnen.

Danach war es totenstill.

Troy Turner stand als Erster hinter der Rezeption auf und blickte fassungslos auf die leblosen Körper. Sein journalistischer Instinkt zog auch sein Handy wieder nach oben und wollte es auf die Szene richten.

„Schneidet mich los, ich will zu meiner Familie!", schrie eine Stimme hinter einem immer noch aufgestellten Schutzschild.

Kurze Zeit später erhob sich von Karlsberg, brach jedoch unmittelbar darauf unter dem unbeschreiblichen Anblick wieder zusammen. Der gebrochene Mann kroch schluchzend zu den Überresten seiner Familie. Trotz der unfassbaren Grausamkeit und Dramatik des Bildes strahlte diese Situation eine vollendete Würde und Pietät aus, wie sie keine der Seelen in dem Raum zuvor auch nur annähernd erlebt hatte.

Der liebende Vater und Ehemann kniete auf dem Boden, hielt die abgetrennten Köpfe seiner Frau und seines Kindes in den Armen und küsste sie zärtlich.

***

Etwas tief in seinem Inneren befahl Turner, diese intime Szene nicht mit Millionen Neugierigen zu teilen, und er ließ das Handy unvollendeter Dinge langsam wieder sinken.

Der Raum füllte sich mit weiteren Personen: Helfern, Ärzten, FBI-Agenten. Niemand wagte es, die Familie zu trennen. Turner wurde als Erster von einem der Mediziner aus der

Bank geführt. Vor der Bank brachte das Tageslicht wieder Klarheit in Turners Bewusstsein und er brach kraftlos zusammen. Einerseits erfüllt von Dankbarkeit, dass er lebte, war er anderseits schockiert von der Erkenntnis, wie unkontrollierbar und gefühllos das Leben gerade mit ihm und den anderen Opfern umgegangen war. Zum ersten Mal in seinem Leben fühlte er sich unbeschreiblich machtlos, wie ein unwichtiger Spielball des Schicksals.

„Troy, mein Gott. Sie leben. Das wird der beste Start in unsere neue Show, den Sie sich erträumen können." Die Stimme gehörte Jack Farrow, der sich nun über seinen Angestellten beugte, um der gestürzten Kreatur wieder auf die Beine zu helfen.

Turners Gedanken jedoch waren weit entfernt von seiner Internetshow. Er empfand das dringende Bedürfnis, mit Michael von Karlsberg zu sprechen. Jedoch verbot sich dies in dieser extremen Situation. Erst drei Jahre später sollte der Journalist unfreiwilligerweise Gelegenheit dazu bekommen.

***

Vierzehn Stunden später würde im 4.712 Meilen entfernten São Paulo eine Frau in Suite No. 1002 des Designhotels Emiliano neben einem vorbestellten Strauß roter Rosen und einem unangetasteten Champagnerfrühstück vergeblich auf die Ankunft ihres Lebensgefährten warten und langsam verzweifeln.

***

Das Schicksal hatte mit einem Streich drei Menschenleben gefordert, eine Witwe und einen Witwer zurückgelassen, und trotzdem verlangte es nach mehr.

*****

TAG 2 – DIE SHOW

Drei Monate später
Freitag, 11. Juli 2014

„DER MENSCH IST SEINEM WESEN NACH ARGLOS, DA ER SICH NUR FÜR HANDLUNGEN ENTSCHEIDEN KANN, DIE ER ALS GUT EINSCHÄTZT. NUR IST ER AUSSERSTANDE, DAS WIRKLICH GUTE VON DEN IRRTÜMLICHEN WELTLICHEN ILLUSIONEN ZU UNTERSCHEIDEN."

SOKRATES

30. KAPITEL

„Start in fünf Minuten", informierte der freundliche Produktionsleiter, woraufhin sechsundneunzig handverlesene Gäste ihre Gesprächsgruppen verließen und sich, letzte Champagnerreste und Kanapees verschlingend, auf ihre zugewiesenen Sitzplätze eines Podium setzten, das zumindest durch seine ringförmigen, sich stufig erhöhenden Zuschauerreihen Assoziationen an ein antikes Amphitheater erweckte.

Troy Turner blickte fast andächtig auf das Resultat seiner monatelangen Arbeit. Technisch gesehen war Studio 3 die derzeit ultimative Medienanlage und buchstäblich eine Symbiose von virtueller und realer Welt. Das auch in seinen baulichen Dimensionen gigantische Gebilde bestand im Wesentlichen aus drei konzentrisch angelegten Einheiten: Da war zunächst eine mit zweiunddreißig Rückwandprojektoren bestückte würfelförmige Außenhülle mit imposanten sechzig Metern Kantenlänge. Darin schwebte eine als Projektionsfläche für die Rückwandprojektoren fungierende mattweiße Kugel mit vierzig Metern Durchmesser. Diese Sphäre wiederum beherbergte in ihrer Mitte eine Zuschauerebene, die als transparente Plattform ausgebildet war.

Technischer Höhepunkt waren jedoch die dreitausendsechshundert auf den ersten Blick nicht erkennbaren 3D-Miniprojektoren in der Kugeloberfläche. Ähnlich wie in den 180°-Kinos der Neunzigerjahre, konnte damit, durch eine Computerarmada gesteuert, jede natürliche oder künstliche Umgebung als lückenlose Kulisse von den Rückwandprojektoren auf die Kugelhülle und von dort in Form weiterer, dreidimensionaler Hologramme in den Innenraum projiziert werden.

Um den Zuschauern dieses multimedialen Erlebnisses eine Stimme zu geben, wurde jedem der Gäste ein iPad zur Verfügung gestellt, über welches er seine Kommentare und Gefühle zur Show unmittelbar mit der TV- und Internet-Community teilen konnte.

Über das Internet konnten Zuschauer mithilfe einer simplen 3D-Brille ebenfalls in diese Welt eintauchen und ihren Blick frei wie ein Vogel durch den scheinbar unendlichen Raum schweifen lassen.

***

19:57 Uhr

„Drei Minuten bis zur Sendung!", ermahnte wieder ein Lautsprecher.

Nun ging auch Turner auf die Besucherplattform und spürte Lampenfieber in sich aufsteigen. Er würde bei dieser Pilotsendung nicht anonym im Hintergrund bleiben, sondern die fünfundvierzigminütige Reportage als Co-Moderator zusammen mit dem zukünftigen Anchorman begleiten: erstens, weil er die Galionsfigur des gesamten Projekts war und daher das Konzept glaubwürdig nach außen vertreten konnte, aber viel wichtiger noch, weil es sich zweitens heute um eine Dokumentation des Ereignisses handelte, das ihn in kürzester

Zeit so bekannt gemacht hatte – der Banküberfall der Privatbank Genf AG vor drei Monaten. Trotz des ohnehin hohen Bekanntheitsgrades dieses Vorfalls war die heutige Show massiv in der Öffentlichkeit beworben worden. Um die Exklusivität zu wahren, hatte Media Channel 7 sofort nach der Geiselnahme alle Bild- und Textinhalte von ihrer Webseite und den angeschlossenen Profilen in Facebook, YouTube und Twitter abgezogen und durch die Ankündigung der heutigen Show ersetzt. Glücklicherweise gab es keine privaten Mitschnitte, die dem Thema sein Alleinstellungsmerkmal hätten rauben können. Außerdem stand dem Sender spektakuläres neues Material aus zwei externen Quellen zur Verfügung. Nicht ohne vorab einen Vertrag abzuschließen, dass die Materialien ausschließlich zur positiven Darstellung des FBI verwendet werden würden, waren dem Sender vom Federal Bureau of Investigation alle vorliegenden Ton- und Bildaufnahmen von dem Banküberfall zur Verfügung gestellt worden. Die Auswahl des tatsächlich zu sendenden Materials war in enger Zusammenarbeit mit Special Agent Rodriguez und der Abteilung für Öffentlichkeitsarbeit erstellt und erst wenige Stunden vor der Premiere final freigegeben worden.

Die Videobänder der Überwachungskameras, bis diese durch de Santiago funktionsunfähig gemacht worden waren, also die Aufnahmen der gesamten Zeit vor dem Alarm, waren wiederum seitens der Bank zur Verfügung gestellt worden. Diese Aufnahmen bildeten die Grundlage für die effektvolle Technik, mit der nun Hochleistungsrechner aus den vier Kameraeinstellungen dreidimensionale Bilder errechnen und als Hologramme in den Raum projizieren konnten. Die so gewonnenen Daten ermöglichten es auch, die qualitativ eher schlechteren Aufnahmen Turners und die des Snipers aufzuarbeiten und in höchster Schärfe dreidimensional darzustellen.

31. KAPITEL

Bundesrepublik Deutschland
Französische Straße, Gendarmenmarkt, Berlin 10117
Penthouse Michael von Karlsberg
19:59 Uhr Washingtoner Ortszeit

Sechstausendsiebenhundertundachtzehn Kilometer entfernt schaltete Michael von Karlsberg in seinem Arbeitszim-
mer ebenfalls einen High-End-3D-Projektor ein und übermittelte mit zittriger Stimme seine Zugangsdaten für die Premiere
der www.be-with.us-Show in die Sprachsteuerung.

Es war leicht nachvollziehbar, dass er die mehrfachen Einladungen von Media Channel 7, als Gast bei der Pilotsendung
zu erscheinen, konsequent durch sein Washingtoner Büro
hatte absagen lassen. Die Wunden waren noch lange nicht so
weit verheilt, dass er die Konfrontation mit der so jungen Vergangenheit hätte öffentlich bestehen können. Trotzdem hatte
er einer Reportage und damit der Veröffentlichung persönli-
cher Bilder zugestimmt. Denn die Show gab ihm auch Hoffnung: Heute sollten endlich die fatalen Fehler öffentlich auf-
gezeigt werden, die seine geliebte Frau und die kleine Lisa in
einer so unmenschlichen Art und Weise hatten sterben lassen.

Sofort nach dem Überfall hatte sich der deutschstämmige
Witwer aus den Vereinigten Staaten verabschiedet und war
nach der Beerdigung von Anis' und Lisas menschlichen Überresten in der Nähe des Familienanwesens in Potsdam wieder
in sein prächtiges Berliner Penthouse mit Blick auf den Fran-

zösischen Dom und die Friedrichstadtkirche eingezogen. Trotz des beneidenswerten Ausblicks genoss von Karlsberg diese Denkmäler der deutschen Hauptstadt allerdings keine Sekunde lang.

Seit dem Tod seiner Familie bestand seine geistige Nahrung einzig aus den Informationen, die er täglich von den Rechtsanwälten und Privatdetektiven erhielt sowie als Ergebnisse seiner persönlichen Recherchen in sich aufsog, um alte Gedanken durch immer neue Theorien zu verdrängen, nur um kurze Zeit später wieder zu den anfänglichen Fragen und Überlegungen zurückzukehren.

Von Karlsberg hatte sich zuerst nur gedanklich in diesem Teufelsrad gedreht. Doch als beeinflussten die immer wiederkehrenden Kreisläufe langsam auch seinen Körper, hatte er nach wenigen Wochen begonnen, beide Hände an den Kopf zu halten, wie um dem Gedankenstau einen Ausweg aus dem verstopften Gehirn anzubieten; zudem hatte er die Gewohnheit angenommen, in immer kürzeren Abständen aufzuspringen und in seinem Zimmer Kreise zu laufen.

Wie er hatte erfahren müssen, war die Frage nach dem *Warum* eines Schicksalsschlags nur eine Verkleidung des Irrealis *Was wäre?*, und beide zusammen bildeten die verlängerte Geißel des Ereignisses, aus dem die Fragen geboren waren. Von Karlsbergs Seele lief Gefahr, auf diesen Irrwegen vergiftet zu werden. Und da Menschen natürlicherweise in allen aussichtslosen Situationen auf Lösungen von außen hoffen, war heute der Tag, den er lange erwartet hatte. Diese Sendung sollte ihn aus dem Gewirr seiner quälenden Fragen befreien.

***

32. KAPITEL

Studio 3 @ Media Channel 7
19:59:50 Uhr

„Zehn Sekunden bis zur Sendung!", wurde der Countdown eingeleitet. Im selben Augenblick dimmten sich die Lichter des gesamten Studios herunter und mehrere Lichtstrahler beleuchteten ausschließlich den Moderator.

Turner nickte dem gut aussehenden Kollegen ein Startzeichen zu und flüsterte: „Toi, toi, toi!" Dann nahm auch er auf seinem Sessel Platz, und schlagartig verdrängte seine Professionalität die innere Unruhe.

Drei – zwei – eins. Mit einem geübten Lächeln leitete der im Zentrum der Plattform stehende Showmaster die Sendung ein.

„Ich darf Ihnen heute sechs Menschen vorstellen, die alle durch das Thema unserer ersten Sendung schicksalhaft miteinander verbunden sind: zunächst Frau Stein, Chefsekretärin der Privatbank Genf AG und ihre Kollegin Frau Huang sowie den Direktor der Bank, Herrn Berger."

Die Spots 1, 2 und 3 erhellten nacheinander die genannten Personen.

„Des Weiteren Special Agent Rodriguez, der Chef der FBI Crisis Negotiation Unit, und seinen Kollege, Special Agent Bitangaro, Leiter des bei Geiselnehmern gefürchteten Human Rescue Teams." Die Stimme des Moderators wurde jetzt geheimnisvoll: „Aus Sicherheitsgründen wird der Special Agent des HRT hier vermummt auftreten."

Nur Rodriguez wurde nun beleuchtet, Bitangaro blieb im mysteriösen Dunkel verborgen.

„Und, last, but not least, unseren Chef, den für die Auszeichnung als Journalist des Jahres nominierten Herrn Troy Turner. Wir sind sehr stolz darauf, Sie bei uns zu haben!"

Tosender Applaus wurde eingespielt und motivierte die Zuschauer zur Nachahmung. Nach dieser kurzen Selbstbeweihräucherung wurde der Moderator ernst, räusperte sich und blickte dramatisch in die Kamera.

„All diese Personen haben eines gemeinsam, sie waren am 14. April dieses Jahres Zeugen eines brutalen und leider tödlich verlaufenden Banküberfalls. Durchgeführt wurde der schreckliche Überfall von Carlos de Santiago, einem 2011 von der CIA wegen Folterungen unehrenhaft entlassenen Special Agent."

Um noch mehr Spannung zu erzeugen, wurde nun das Licht langsam abgedimmt und aus Kriminalverfilmungen bekannte, nervenaufpeitschende Musik füllte den Raum. Die Hochleistungsprojektoren simulierten detailgetreu den Innenraum der Privatbank Genf AG. Es lief die gleiche Musik, die gleichen Hintergrundgeräusche waren zu hören, die gleiche Lichtkomposition wurde eingeblendet, selbst die damals herrschende Raumtemperatur rekonstruierten die Bühnentechniker. Die erschreckende Echtheit der Projektionen und ihr machtvolle Größe sog die Anwesenden hilflos in sich ein und löste bei den Personen, die sich damals in der Bank befunden hatten, unmittelbar wieder die schrecklichen Angstgefühle aus, die sie während ihrer Geiselnahme hatten durchleben müssen. Selbst bei Turner, der im Gegensatz zu seinen Talkgästen die Show zigmal durchgeprobt hatte, rüttelte jetzt etwas an seiner so fest scheinenden Abschottung gegenüber den negativen Erinnerungen an diesen Tag. *Unglaublich, es*

übermannt einen vollkommen. Wie muss es nur den anderen erge-
hen, die das zum ersten Mal sehen?

Er überprüfte die Zuschauerzahl auf seinem iPad und war begeistert: 32.764.487 Computer waren online.

In diesem Moment betraten die ersten digitalen Akteure die Bühne. Die Hologramme der Personen wirkten durch ihre immense Größe wie Riesen und ihre realen Vorbilder saßen wie Zwerge hilflos inmitten der Projektion ihrer noch recht jungen Vergangenheit.

Turner glaubte zu wissen, was jetzt in den Menschen vorging, die vor drei Monaten gemeinsam mit ihm in der Bank gewesen waren: Sie durchliefen einen inneren Konflikt. Plötzlich schien alles ganz anders zu sein, als es sich in der Erinnerung dargestellt hatte. Es war das kritische Auge, das beim Betrachten seiner selbst auf Fotos oder Filmen die Diskrepanz zwischen Selbstwahrnehmung und vorliegendem Dokument schonungslos offenlegte. Auch wenn die Darsteller nur Marionetten des so ausgeklügelten Konzeptes waren, empfanden alle Zuschauer, inklusive der Zeitzeugen selbst, das digitale Spektakel als objektive Realität.

***

33. KAPITEL

Der Projektor surrte monoton vor sich hin und warf ein 5,0 auf 2,8 Meter großes 3D-Bild in den Raum. Um die Intensität des Erlebens zu erhöhen, setzte der Witwer zusätzlich eine den Tiefeneffekt verstärkende Brille auf und rückte so nah wie möglich an die Projektion heran, damit diese sein gesamtes Blickfeld vereinnahmte. Der Effekt traf ihn unerwartet, in fast gespenstischer Weise. Anstatt die Ereignisse distanziert und klar zu analysieren, wurde Michael von Karlsberg von einer Sekunde zur anderen brutal in die Vergangenheit zurückgeschleudert. Die projizierten Personen wurden so real simuliert, dass nur die überdimensionale Größe noch einen Hinweis darauf gab, wie unwirklich die gezeigte Welt war.

Von Karlsbergs Familie schritt zusammen mit Herrn Sosto die rückwärtige Treppe zum Empfangsraum hinauf. „Daddy, wieso sind wir von hinten reingekommen? Müssen wir uns hier reinschleichen?"

Dem Vater schlugen diese vertrauten Worte wie eine Faust in die Magengrube.

„Anis …, Lisa", sprach er die Geister an und streckte seine Hände nach seiner Familie aus, um sie noch einmal zu berühren. Jedoch glitten seine Hände durch die körperlosen Projektionen hindurch und ihm schossen unweigerlich schwere Tränen aus den Augen – Tränen, die gleichermaßen nach Trauer wie nach Wut schmeckten.

Bislang empfand er die Reportage als schreckliche Fehlproduktion. Wie bei der Symbiose einer Fußballspielauswertung mit *CSI Miami* führte der Talkmaster durch Details, ließ Hintergrundinformationen, Computersimulationen von den Verletzungen des niedergeschlagenen Portiers und die Körperreaktionen der vom Ersticken bedrohten Frau Stein dreidimensional einspielen, zoomte dabei bis in das Körperinnere der digitalen Menschen hinein und stoppte dann wiederum die Bilder, um die Talkgäste einzubinden. *Das kann doch nicht wahr sein*, schrie von Karlsberg innerlich. *Wo bleiben die kritischen Fragen?*

Doch plötzlich bekamen die Bilder für ihn eine neue Dimension. Er sah sich selbst durch de Santiagos heftigen Schlag zu Boden fallen und dort regungslos liegenbleiben. Diese Sequenz des Überfalls, während der er bewusstlos am Boden lag und die anwesenden Männer sowie Frau Stein, durch Frau Huang gefesselt, in einer Reihe niederknien mussten, war ihm neu. Zwar hatte er im Rahmen seiner intensiven Nachforschungen die FBI-Berichte erhalten, dazu aber kein Bildmaterial sichten können. Deswegen sah er diese Szene jetzt zum ersten Mal, und was er sehen musste, wurde immer schlimmer.

„Ich tue alles, was Sie wollen, aber lassen Sie mein Kind in Ruhe, ich flehe Sie an", beschwor seine tote Ehefrau den Bankräuber.

Von Karlsberg spürte Anis' unendliche Verzweiflung und brach fast zusammen unter seiner andauernden Hilflosigkeit und dem immensen Schuldgefühl, in diesem Moment nicht bei ihr gewesen zu sein.

Er war bis an seine Grenzen aufgerüttelt, sein Herz schlug wie wahnsinnig, aber seine anfängliche Trauer wich langsam der Wut. Schnell tippte er eine für ihn wichtige Frage in seine Tastatur. Eine Erkundigung, die nur wenige Sekunden später auf dem Bildschirm erschien und prompt vom Moderator aufgegriffen wurde: „Hier kommt eine interessante Frage: *Was legitimierte den finalen Rettungsschuss, obwohl der Bankräuber keine direkte Bedrohung für die Geisel darstellte? Durch diesen dramatischen Fehler sind die Mutter und das Kind getötet worden! Wer wird hierfür zur Verantwortung gezogen?* Diese Frage würde ich gerne an unseren Gast Special Agent Rodriguez weitergeben."

Der Chef der Crisis Negotiation Unit rückte sich zunächst in Position, blickte wirkungsvoll und äußerst nachdenklich in die Runde und startete seinen vorbereiteten Monolog. Der Zeitpunkt war genau richtig: Die Show lief in Rodriguez' Augen Gefahr, nicht mehr als PR-Aktion des FBI dienlich zu sein.

„Zunächst einmal möchte ich anmerken, dass ich hier auch für das gesamte Human Rescue Team, die SWAT-Einheit und im Besonderen für die Scharfschützen spreche, die tagtäglich ihr Leben für die Sicherheit unserer Bürger sowie die Werte unserer Gesellschaft aufs Spiel setzen", leitete er seine Rede mit einem Lob ein. „Bei allem Respekt, aber so eine Frage kann nur von einem Menschen gestellt werden, der nie in einer Extremsituation war, wie wir sie hier gerade besprechen. Ich denke, jeder der damals Anwesenden ist für den Zugriff unseres speziell für solche Situationen ausgebildeten Scharfschützen sein Leben lang dankbar."

Er drehte sich zu Frau Stein hin, nickte ihr verständnisvoll zu und legte seine Hand auf ihren Arm. Dabei ließ er eine andächtige Pause entstehen.

„Ich denke hier insbesondere an die brutal niedergeschlagene Frau Stein. Ich kann mir denken, dass es noch Jahre dauern wird, bis sie dieses Ereignis wieder ruhig schlafen lassen wird. Wenn das überhaupt möglich ist." Seine Stimme wurde wieder kräftig. „Aber sie lebt! Denn unser Scharfschütze hat ihr, genau wie den anderen Geiseln hier, das Leben gerettet. Der Verlust der zwei weiteren Geiseln ist schrecklich und wir bedauern ihn sehr. Aber Gesetz und Ordnung fordern manchmal Opfer, die der normale Bürger schwer nachvollziehen kann. Ich bin mir sicher, die Opfer werden von ihrer Familie wie Helden gefeiert."

Bei diesen Worten wurde Michael schlecht, die aufgestauten Gefühle waren so stark, dass er anfing, sich heftig mit der Faust auf den Oberschenkel zu schlagen.

„Sehen wir uns doch die Situation einmal genau an", übernahm Rodriguez allmählich die Moderationsleitung. „Bitte spielen Sie die Szene unmittelbar vor dem Zugriff ein. Aber bitte in Zeitlupe."

Wie zuvor für diesen Punkt mit der Regie abgesprochen, erfüllte jetzt ein überdimensionaler de Santiago den Raum. Die Szene startete in der Sekunde, in der der Bankräuber seine Deckung verließ, wurde jedoch aus Troy Turners Sicht gezeigt und nicht aus der des Snipers.

„Sehen Sie! Die Person, die vorher brutal neun Menschen gefesselt, geschlagen und mehrmals deren Leben bedroht hat, stürmt mit einem nicht klar zu identifizierenden Gegenstand in der Hand auf unseren mutigen Journalisten zu. Jetzt werden kritische Stimmen einwenden, wir könnten nicht wissen, was genau er in der Hand hält. Dem stimme ich zu, aber die Lebensgefahr muss ja nicht von einer konventionellen Waffe ausgehen. Zu diesem Zeitpunkt hatten wir bereits gefestigte Hinweise darauf, dass Carlos de Santiago aus einer Spezialeinheit stammen musste, die Kampftechniken beherrscht, mittels derer man Menschen mit nackten Händen umbringen kann. Das ist unmittelbare Lebensgefahr."

Michaels Emotionen kochten endgültig über. Er hatte den Drang, in das Bild hineinzuspringen und dem Mann seine

Lügen in den Rachen zu stopfen, damit er daran ersticke. Doch die FBI-Promotionshow war noch nicht zu Ende, im Gegenteil.

„Um die Gesellschaft effektiv vor Gewalt schützen zu können, müssen wir in Punkto Technik und Umsetzung Extreme anwenden", fuhr Rodriguez fort. „Deswegen haben Sniper bei Hostage-Rescue-Einsätzen grundsätzlich ultimative Befugnisse, inklusive des finalen Rettungsschusses. Aufgrund unserer internen Auswertung, bei der wir den Fall gründlich geprüft haben, ist das FBI der festen Ansicht, dass unser Agent in dieser Situation dazu verpflichtet war, den tödlichen Schuss abzugeben. Ich möchte auch darauf hinweisen, dass wir technisch gesehen alles Menschenmögliche tun, damit so ein Zugriff keinen zufälligen Ausgang zulässt. Ich denke, die folgende Einspielung wird unseren Mitbürgern Sicherheit vermitteln und gefährliche Individuen abschrecken."

Rodriguez nickte dem in den Hintergrund geratenen Moderator auffordernd zu, und eine neue Computeranimation zog die Aufmerksamkeit der Zuschauer auf sich.

„Sehen Sie, jedem Schützen wird sein Handwerk sehr präzise beigebracht", startete er eine technische Lehrstunde, die bestens in eine Präsentation der amerikanischen Waffenlobby gepasst hätte. „Sie müssen wissen, dass der höchste Wirkungsgrad, also die sofortige Kampfunfähigkeit des Geiselnehmers, nur bei einem Treffer des Hirnstamms eintritt. Diese Region definiert einen Zielbereich von circa acht Zentimetern Durchmesser, der das verlängerte Rückenmark, die Brücke und das Mittelhirn beinhaltet. Treffer ins restliche Gehirn oder in die Wirbelsäule wirken zwar mit sehr geringer Verzögerung, also deutlich unterhalb einer Sekunde, trotzdem ist es möglich, dass in diesen Fällen noch Reflexe erfolgen, die verheerende Wirkungen für Geiseln haben könnten."[2]

Er kreiste mit einem Laserpointer den computersimulierten Bereich der beschriebenen Organe auf der Projektion von de Santiago ein.

„Aus genau diesem Grunde haben wir bei Geiselbefreiungen eine neue MEB-Patrone im Einsatz. Das solide Kupfergeschoss mit verschlossenem Hohlraum und definierten Expansionskerben an der Geschossspitze garantiert durch seine sehr hohe Energieabgabe im Ziel eine extreme Mannstoppwirkung. MEB steht für Maximum Expanding Bullet, und dieses Deformationsgeschoss wurde speziell für Extremsituationen mit expliziten Tötungsaufträgen bei der Terrorismus- und Verbrechensbekämpfung entwickelt."

In Zeitlupe näherte sich nun eine simulierte Patrone, trat durch das rechte Auge in de Santiagos Schädel ein und zielte genau auf den Hirnstamm. Der Kopf wurde größer gezoomt, um den tödlichen Vorgang in seinem Inneren noch detaillierter darzustellen.

„Ein Deformationsgeschoss vergrößert seinen Querschnitt nach dem Auftreffen. Hierbei werden achtzig bis neunzig Prozent der Energie im Zielmedium abgegeben und es entsteht eine wesentlich größere temporäre Wundhöhle. Umliegendes Gewebe und Organe werden radial beschleunigt und geschädigt, wodurch auch Organe in Mitleidenschaft gezogen werden, die nicht in der Flugbahn des Geschosses liegen."[3]

Mit dem Ende dieser Ausführung stoppte auch die Zeitlupe. In realer Geschwindigkeit schlug der digitalisierte de Santiago heftig auf den Steinboden auf und blieb dort liegen. Für einen Moment breitete sich ein beklemmendes Schweigen im Studioraum aus.

Zum ersten Mal schaltete sich Turner in die Sendung ein.

„Sie wollen uns also sagen, dass die Tötung des Geiselnehmers notwendig war, da es keine andere Möglichkeit gibt, einer solchen Gefahrensituation entgegenzutreten und Sie deswegen maximal effektive, sprich tödliche Waffen im Einsatz haben?"

„Genau dies, Herr Turner. Wir versuchen natürlich alles, damit es nicht zu dieser Situation kommt. Wir wollen den Täter durch Verhandlungen zur Vernunft bringen. Aber wenn eine Geisel in Lebensgefahr gerät, dann sind wir gezwungen zu handeln. Und ab diesem Zeitpunkt gibt es nur eine Option: den Entzug des Lebens zur Verteidigung einer Person gegen ungesetzliche Gewalt. Dies bedeutet auch, dass der Zeitrahmen zwischen unserem Einwirken auf den Täter und dem Erreichen seiner Handlungsunfähigkeit so kurz wie möglich zu halten ist, um ein weiteres Handeln des Täters zu verhindern."

Direktor Berger lehnte sich kopfschüttelnd nach vorne und schaltete sich nun ebenfalls in das Gespräch ein.

„Agent Rodriguez, bei allem Respekt, ich muss anmerken, dass mich Ihre Ausführung sehr schockiert und eher beunruhigt haben als dass sie, wie Sie vorausgeschickt haben, ‚Sicherheit vermittelt' hätten. In meinen Augen hat der Mensch das angeborene Recht auf Leben. Sie wollen nicht im Ernst sagen, jeder Mitbürger könne sich sicher fühlen, weil der Staat tödliche Waffen hat und diese auch anwendet. Wir sind doch hier nicht im Krieg. Außerdem beantworten Ihre Ausführungen nicht die Frage, was den finalen Rettungsschuss in diesem Fall legitimiert hat. Ich würde mich sicherer fühlen, wenn Sie mir erklärten, wie die Sniper für diese Entscheidung, und nicht für die Tötung, trainiert werden."

Jetzt ergriff Agent Bitangaro das Wort.

„Herr Berger, Sie unterschätzen die Situation. Im zivilen Umfeld sind solche Gefahren noch viel problematischer einzustufen als in Kriegssituationen, wo wir unseren Feind kennen. Und deswegen verlangt der Schutz der Gesellschaft noch extremere Mittel, so unglaublich das klingen mag. Sehen Sie, entgegen der Vorstellung, dass in Kriegseinsätzen nur wenige Gesetze greifen, ist beispielsweise die Verwendung von Deformationsgeschossen im Militär durch die Haager Landkriegsordnung verboten, weil diese unter Kriegsbedingungen aufgrund ihrer Deformations- und Zerlegewirkung nur sehr schlecht zu behandelnde Verletzungen verursachen und damit übermäßiges Leid hervorrufen würden.[4] Der Einsatz unserer MEB sieht keine Behandlung von solchen Verletzungen vor, sondern hat nur ein Ziel: sofortiges Töten."

Bitangaro ließ eine kurze Pause entstehen. Genau in dem Moment, in dem Berger wieder zum Reden ansetzte, beendete er jedoch sein kurzes Schweigen und wies den Bankdirektor ungehört zurück.

„Herr Berger, wenn Sie nur ein bisschen Vertrauen in unsere Legislative haben, dann erkennen Sie schon alleine an dieser Legitimation, wie groß die Gefahr ist, mit der wir es zu tun haben. Verstehen Sie? Das Gesetz erlaubt hier eine Qualität von Einsatzmitteln, wie sie im Krieg verboten ist. Und das mit gutem Grund."

Bergers Blick verschärfte sich.

„Vorausgesetzt, Sie haben recht, und wir haben es hier mit noch anspruchsvolleren Rahmenbedingungen zu tun als im Krieg –"

„Das haben wir", unterbrach der FBI-Mitarbeiter vorschnell.

„Dann drängt sich mir noch mehr die bis jetzt von Ihnen nicht beantwortete Frage auf, wie anspruchsvoll diese Männer dafür trainiert werden, über Leben und Tod zu entscheiden. Das klingt für mich wie Todesstrafe ohne richterliche Anhörung."

Rodríguez räusperte sich und blickte Berger an, als hätte dieser einen nicht wiedergutzumachenden Fehler begangen.

„Im Anbetracht der Tatsache, dass Sie und Ihre Mitarbeiter Ihr Leben einer solchen Entscheidung zu verdanken haben, wundert mich Ihr, lassen Sie es mich so sagen, provokativer Vergleich zur Todesstrafe. Aber grundsätzlich ist bei Laien so ein Gedankengang nachvollziehbar. Ich erkläre Ihnen das gerne. Fakt ist, dass die Entscheidung für einen finalen Rettungsschuss niemals Zufall ist, sondern Kalkül, denn auch der Ausgang ist kein Zufall, sondern muss zwingend im Tod des Geiselnehmers bestehen. Aber! Vom Töten als Strafe zu unterscheiden sind rechtmäßige beziehungsweise gesetzlich legitimierte Tötungen zur Abwehr von Gefahren, wie Notwehr- und Notstandshandlungen und eben der so genannte finale Rettungsschuss.[5] Mit der Todesstrafe hat das übrigens auch nach internationaler Gesetzesauslegung nichts zu tun. Und seien Sie davon überzeugt, dass unsere Beamten ausschließlich dann den Abzug drücken, wenn es die Situation absolut erfordert. Wie die Schulung für den Entscheidungsprozess im Einzelnen aussieht, darf ich natürlich nicht preisgeben. Das unterliegt der Geheimhaltung."

Wie zuvor auch Agent Bitangaro, hielt nun Rodriguez kurz inne. Berger hob den Zeigefinger und öffnete den Mund, wurde aber wiederum nach einem „Aber" im Ansatz unterbrochen. Sein Gegenüber zog ein altbewährtes Argument aus dem Ärmel.

„Des Weiteren haben wir Hinweise darauf, dass de Santiago Beziehungen zu terroristischen Zellen hatte. Wir können froh sein, dass nur ein Teil des Geldes überwiesen worden ist. Wir gehen davon aus, dass durch den Abbruch die Bedrohung von Tausenden von Menschenleben in den USA verhindert wurde. Hier ging es in letzter Instanz um viel mehr als nur einen Bankraub. Es ging um die Sicherheit der Gesellschaft", redete sich der Beamte in Rage.

***

Und woher weißt du das? Hat dich gestern der Nachfolger von Herr Rumsfeld angerufen und darüber informiert, dass hundertpro-zentige Informationen für die Pläne de Santiagos vorliegen, die be-weisen, dass der in den USA trainierte Ex-CIA-Killer direkt in den Irak fliegen wollte, um die unauffindbaren Massenvernichtungswaf-fen zu kaufen und sie dann der Al Qaida zu spenden?

Michael war nicht mehr zu halten. Er sprang auf, attackier-te den virtuellen Dan Rodriguez und beschimpfte ihn so lan-ge, bis die Reportage die schlimmste Stelle erreichte: die Tö-tung seiner Familie, aufgenommen von den Helmkameras der SWAT-Agenten und grafisch aufpoliert durch die Hochleis-tungsrechner.

Ihm schnürte es das Herz ab und es schien ihm, als setze sein Atem aus. Widerstandslos und bitterlich weinend sank er auf die Knie. Alles in ihm zog sich zu einem dicken Klumpen zusammen. Wie in Trance starrte er auf die letzten dramati-schen Bilder dieses digitalen Tagebucheintrages.

Nach einem grellen Aufblitzen, das eine Explosion mar-kierte, war nur noch die Aufzeichnung von Troy Turners Handy zu sehen. Diese Aufzeichnung erfasste für einen kur-zen, fast unmerklichen Augenblick Michael von Karlsberg und die enthaupteten Leichen seiner Familie. Doch wie ein beschämter Zeuge, der die Intimsphäre dieser Menschen ver-letzte, zog sich das Bild zitternd über den braunen Steinboden zu den Schuhen des Journalisten zurück und versank mit ei-nem leisen Klacken im Schwarz. Die Biografie des Mordes war zu Ende.

***

Michael starrte wie betäubt auf diese letzten grausamen Er-innerungen. Jeder Atemzug schien den gefühllosen Klumpen in seinem Inneren noch mehr aufzublasen, bis dessen Hülle langsam über seinen Körper hinauswuchs und ihn schließlich vollständig in sich einschloss. Wie eine tödliche Membran verweigerte diese zweite Haut allen äußeren Eindrücken Einlass, die noch versuchten, ihn zu erreichen. Sätze zerfielen in zusammenhangslose Wörter, diese wiederum in Buchstabenfolgen ohne Logik und Struktur. Bilder entledigten sich ihrer Bedeutung und die Reflexion des Lichts verlor seine Farbe. Auch der laute, schmerzvolle Schrei, der tief aus Michaels Seele kam, wurde zurückgeworfen und verhallte. Michael von Karlsberg war gefangen in einem Sarg, gezimmert aus seiner eigenen Trauer. Kein Laut konnte in seine Isolation eindringen und kein Schlagen, Kratzen oder Schreien konnte die Außenwelt mehr erreichen. Etwas in ihm gab auf und starb.

***

34. KAPITEL

São Paulo, Brasilien
Unbekannter Ort
20:30 Uhr Washingtoner Ortszeit

Eine weitere Person brach unter der Schwere ihrer Trauer zusammen, als sie die gleichen Bilder sah. Ihr Schmerz galt jedoch dem Menschen, der all dieses Leid verursacht hatte, dem Menschen, auf den sie tagelang vergeblich gewartet hatte. Heute sah sie ihn sterben, erlegt wie ein Tier, von einem Jäger des FBI.

Carlos de Santiagos Freundin lag heulend in São Paulo auf dem Bett und spulte immer und immer wieder die Aufzeichnung seines Todes ab, bis sich ihre Hoffnungslosigkeit schließlich in unendliche Wut und Bitterkeit wandelte.

****

Band 2 ab September 2013 bei www.amazon.com und
www.amazon.de
Besuche Sokrates Lieyes auf Facebook
https://www.facebook.com/The.Sokrates.Trilogy
und drücke „I like" die Sokrates Trilogie.
Sende eine E-Mail an info@sokrates-lieyes.com
und erhalte Informationen wie Du Band 2 kostenlos beziehen kannst.

„WO ES KEIN GESPRÄCH MEHR GIBT, BEGINNT DIE GEWALT."

SOKRATES

Drei Jahre später beginnt ein Serienkiller namens Sokrates, seine Opfer auf bestialische Weise umzubringen und diese Morde auf seiner Internetseite zu veröffentlichen. Der Mörder hat weitere Menschen in seiner Gewalt und kündigt neue Live-Episoden seiner Verbrechen an. Gleichzeitig verdichten sich die Hinweise darauf, dass alle Opfer mit dem Banküberfall vom 14. April 2014 in Verbindung stehen. Messine Okeanos, leitende FBI-Ermittlerin, die damals ebenfalls vor Ort war, nimmt mit Hochdruck die Ermittlungen auf. Sokrates jedoch zwingt die Agentin, Troy Turner zu ihren Einsätzen mitzunehmen. Der Journalist muss dabei eine neuartige, online geschaltete Cyberbrille tragen, welche die sonst so geheimen FBI-Einsätze in Realtime über Sokrates' Webseite mit der Internetgemeinde teilt. So beginnt ein Wettlauf mit der Zeit, während die Grenzen zwischen Fiktion und Wirklichkeit, Raum und Zeit, Verdächtigen und Opfern zunehmend verwischen: Geschickt nutzt Sokrates die Grauzonen des Internets für sein grausames Spiel.

DANK

Mein größter Dank gebührt sicher zwei Personen, meiner Frau Rena und meinem Sohn Nathanael. Erst der Entschluss, während der Schwangerschaft meiner Frau eine Auszeit zu nehmen, gab mir die Zeit einen Wunsch umzusetzen, mit dem wiederum ich bereits seit langem schwanger gegangen war: ein Buch zu schreiben. Die Toleranz meiner Frau, ihren Mann bis zu zwölf Stunden täglich in eine andere Welt entführt zu sehen, bildete die wesentliche Grundlage für die Umsetzung dieses Wunsches. Vielen Dank, Rena, und vielen Dank, Nathanael, dass ihr mir diese Zeit gegeben habt.

Eine große Hilfe waren auch die Freunde, insbesondere Klara und Cleo, die mir neben Kritik und Anmerkungen auch den Mut zum Weiterschreiben geschenkt haben.

Die Auseinandersetzung mit meinem Lektor, Dr. Gregor Ohlerich, war sicher der wichtigste Schritt, um aus dem ersten Manuskript ein wirkliches Buch zu machen.

Die abschließende Nachbearbeitung durch Rivkah Frick hat dem Text den letzten Schliff gegeben.

Sehr positiv habe ich die sofortige Erlaubnis von Prof. Dr. Peter Aebersold empfunden, Auszüge aus seinem Werk „Kriminologie 1" zu verwenden.

Die gleiche Erfahrung habe ich bei meiner Anfrage bezüglich der Nutzung der Inhalte von www.wikipedia.de gemacht. Das meiste Hintergrundwissen habe ich letztendlich durch das Studium dieser freien Enzyklopädie erworben. Die Seiten waren mir eine enorme Hilfe.

Eine absolute Hilfe war auch das Amazon-Team bei meinen unendlich vielen Rückfragen zur Formatierung des e-Books.

Vielen Dank an die Fotokünstlerin Sophia Z für die Titelbildgestaltung.

Ansonsten bin ich sehr froh, dass während meiner Recherchen zu diesem Buch kein SWAT-Kommando oder FBI-Agent an meine Türe geklopft hat.

Wie wir seit Juni 2013 annehmen müssen, hat Prism Zugriff auf Google-Server. Meine Suchanfragen über Bankräuber, Bomben, Betäubungsmittel, Bondage, Leichenverwesung, Hacker, FBI, Waffen, Washington, D.C. bis hin zu Terrorismus, Guantanamo Bay und viele weitere suspekte Schlagwörter haben sicher kein allzu schönes Userprofil von mir bei Google hinterlassen.

Liebes Google-Team, bitte löschen Sie diese Daten. Ich bin lediglich ein Schriftsteller.

VERWEISE

Die gekennzeichneten Passagen wurden insgesamt oder auszugsweise den folgenden Webseiten entnommen, beziehungsweise bildete deren Inhalt die Grundlage für den jeweiligen Textabschnitt:

1) Seite 21:
http://de.wikipedia.org/wiki/Beaux-Arts-Architektur
2) Seite 142:
http://de.wikipedia.org/wiki/Mannstoppwirkung
3) Seite 143:
http://de.wikipedia.org/wiki/Mannstoppwirkung
4) Seite 145:
http://de.wikipedia.org/wiki/Teilmantelgeschoss
5) Seite 146:
http://de.wikipedia.org/wiki/Todesstrafe

Wichtiger Hinweis:
Entsprechend gekennzeichnete Inhalte aus www.wikipedia.de sind unter der Lizenz „Creative Commons Attribution/Share Alike" verfügbar. Die übernommenen Textpassagen unterliegen den gleichen Urheberrechtsbedingungen wie der Wikipedia-Originaltext. Weitere Informationen unter:
http://de.wikipedia.org/wiki/Wikipedia:Lizenzbestimmung en_Commons_Attribution-ShareAlike_3.0_Unported
(Stand: 08.08.2013)

***

MEYER LUTTERLOH

DIE SOKRATES TRILOGIE
THRILLER

2013
BUCH 1 – SOKRATES LIEYES
Band 1 ab 17. August 2013
Band 2 ab September 2013
Band 3 ab Oktober 2013
Band 4 ab November 2013

2014
BUCH 2 - SOKRATES HERITAGE

2015
BUCH 3 - SOKRATES CYBERWAR

www.the-sokrates-trilogy.com
info@sokrates-lieyes.com

WASHINGTON, D.C.

TATORT BANKÜBERFALL

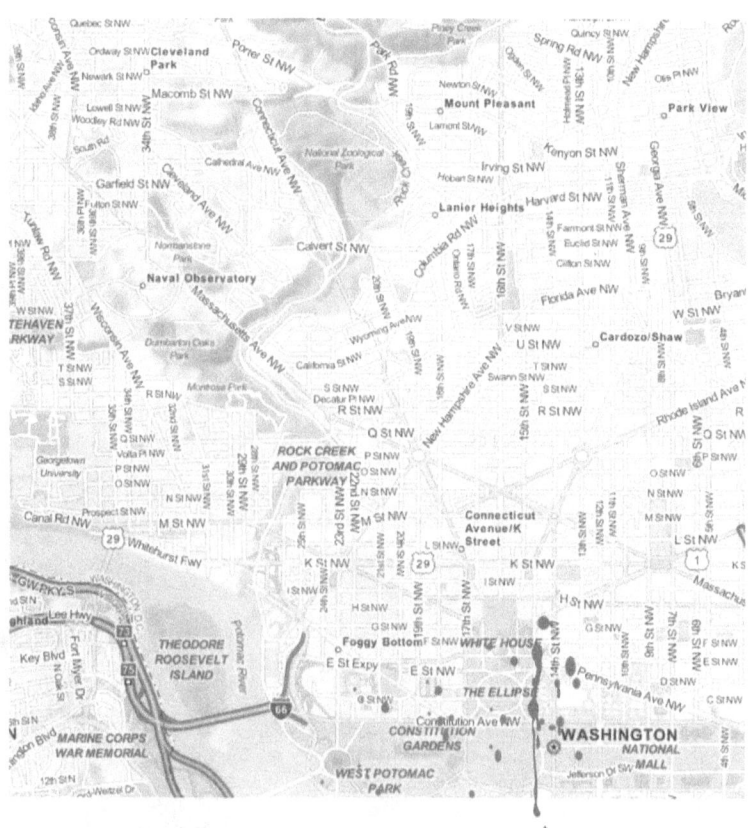

Grafik basiert auf einem Auszug der Webseite
http://www.mapquest.com/maps?city=Washington&state=DC
© 2012 MapQuest - Portions

www.ingramcontent.com/pod-product-compliance
Lightning Source LLC
Chambersburg PA
CBHW030612130626
46552CB00002B/521